新潮文庫

母なるもの

遠藤周作著

新潮社版

2276

目次

母なるもの

母なるもの

夕暮、港についた。

フェリー・ボートはまだ到着していない。小さな岸壁にたつと、藁屑《わらくず》や野菜の葉っぱの浮いた灰色の小波が、仔犬《こいぬ》が水を飲むような小さな音をたてて桟橋にぶつかっていた。トラックの一台駐車した空地の向うに二軒の倉庫があり、その倉庫の前で男が燃やしている焚火《たきび》の色が赤黒く動いている。

待合室には長靴をはいた土地の男たちが五、六人ベンチに腰かけて切符売場があくのを辛抱づよく待っている。足もとには魚を一杯つめこんだ箱や古トランクがおいてあったが、その中に、鶏を無理矢理に押しこんだ籠《かご》が転がっていた。籠の隙間《すきま》から、鶏は首を長くだして苦しそうにもがいている。ベンチの人たちは私に時々、探るような視線をむけながら、だまって坐《すわ》っている。

こんな光景をいつか、西洋の画集で見たような気がする。しかし誰の作品か、何時《いつ》見たのかも思いだせぬ。

海の向う、灰色に長くひろがった対岸の島の灯がかすかに光っている。どこかで犬が鳴いているがそれが島から聞えるのかこちら側なのかわからない。

灯の一部だと思っていたものが、少しずつ動いている。それでやっと、こちらに来るフェリー・ボートだと区別がついた。ようやく開《あ》いた切符売場の前に、さっきベンチに腰かけていた長靴の男たちが列をつくり、そのうしろに並ぶと魚の匂《にお》いが鼻についた。あの島では、たいていの住人は半農半漁だと聞いている。

どの顔も似ている。頬骨がとび出ているせいか、眼がくぼんで、無表情で、そのため何かに怯《おび》えているようにみえるのだ。つまり狡《ずる》さと臆病《おくびょう》さとが一緒になってこの土地の人のこの怯えた顔を作りだしているのだ。そう思うのは、私が今から行く島について持っている先入観のせいなのかも知れぬ。なにしろ江戸時代、あの島の住人は、貧しさと重労働とそれから宗門迫害とで苦しんできたからだ。

やっと、フェリー・ボートに乗り、港を離れることができた。一日に三回しか、九州本土と、この島との間には交通の便がない。二年前までは、このボートも朝晩おのおの一度しか往復していなかったそうである。

ボートと言っても伝馬船《てんません》のようなもので椅子《いす》もない。自転車や魚の箱や古トランクの間で乗客は窓から吹きこむ冷たい海風にさらされたまま立っている。東京ならば愚痴や文句を言う人も出ようが、誰もだまっている。聞えるのは船のエンジンの音だけで、足もとに転がった籠のなかで鶏までウンともスンとも言わない。靴先で少しつつくと、鶏は怯えた表情をした。それがさっきの人たちの表情に似ていておかしかった。風が更に強くなり、海も黒く、波も黒く、私は幾度か煙草《たばこ》に火をつけようとしたが、いくらやっても、風のためマッチの軸が無駄になるだけで唾《つば》にぬれた煙草は船の外に放り棄《す》てた。もっとも風のため船のどこかへ、転がったかもしれぬ。今日半日、バスにゆられて長崎からここまで来た疲労で背中から肩がすっかり凝り、眼をつぶってエンジンの音をきいていた。

エンジンの響きが幾度か真黒な海のなかで急に力なくなる。すぐまた急に勢いよく音をあげ、しばらくして、また、ゆるむ。そういう繰りかえしを幾回も聞いたあと、眼をあけると、もう島の灯がすぐ眼の前にあった。

「おーい」

呼ぶ声がする。

「渡辺さんはおらんかのオ。綱を投げてくれまっせ」

それから綱を桟橋に投げる重い鈍い音がひびいた。

土地の人たちのあとから船をおりた。つめたい夜の空気のなかには海と魚との匂いがまじっている。改札口を出ると、五、六軒の店が、干物や土産物を売っている。このあたりでは飛魚を干したアゴという干物が名物だそうである。長靴をはいた、ジャ

ンパー姿の男がその店の前で、改札口を出てくる我々をじっと見つめていたが、私の方に近よってきて、

「御苦労さまでございます。先生さまを教会からお迎《むか》えにあがりました」

こちらが恐縮するほど、頭を幾度もさげ、それから、私の小さな鞄《かばん》を無理矢理にひったくろうとした。いくら断っても、鞄をつかんだまま離さない。私の手にぶつかった彼の掌《てのひら》は、木の根のように大きく、固かった。それは私の知っている東京の信者たちの湿ったやわらかな手とちがっていた。

いくら肩を並べて歩こうとしても、彼は頑《かたく》なに一歩の距離を保って、うしろから、ついてきた。先生さまと言われたさっきの言葉を思いだして私は当惑していた。こう言う呼び方をされると土地の人は警戒心を持つようになるかもしれない。

港から匂っていた魚の臭《にお》いは、どこまでも残っていた。その臭いは、両側の屋根のひくい家にも、狭い道にも長い長い間、しみついているように思えた。さっきとは全く反対に、今度は左手の海のむこうに、九州の灯がかすかにみえる。私は、

「お元気ですか、神父さんは。手紙をもらったので、すぐ飛んで来たんだが……」

うしろからは何の返事もきこえない。なにか気を悪くさせたのかと、気をつかったが、そうではないらしく、遠慮をして無駄口をたたかぬようにしているのかもしれぬ。

あるいは長い昔からの習性で、ここの土地の者たちはむやみにしゃべらぬのが、一番、自分の身を守る方策と考えているのかもしれない。

あの神父には、東京であった。私は当時、切支丹《きりしたん》を背景にした小説を書いていたので、ある集まりで九州の島から出てきた彼に自分から進んで話しかけた。その人もまた眼がくぼみ、頰骨のとび出たこのあたりの漁師特有の顔をしていた。東京のえらい司教や修道女たちの間にまじってすっかり怯えたせいか、話しかけても、ただ強張《こわば》った表情をして、言葉少なく返事する点が、今、私の鞄をもっている男とそっくりだった。

「深堀神父を知っておられますか」

その前年、私は長崎からバスで一時間ほど行った漁村で、村の司祭をやっている深堀神父に随分、世話になった。浦上町出身のこの人は海で私に魚つりを教えてくれた。まだ頑として再改宗しない、かくれの家にもつれていってくれた。言うまでもなくかくれ切支丹たちの信じている宗教は、長い鎖国の間に、本当の基督《キリスト》教から隔たって、神道《しんとう》や仏教や土俗的な迷信まで混じはじめている。だから長崎から五島、生月《いきつき》に散在している彼等を再改宗させることは、明治に渡日したプチジャン神父以来、あの地方の教会の仕事である。

「教会に泊めてもらいましてね」

話の糸口を引きだしても、向うは、ジュースのコップを固く握りしめたまま、はい、はいとしか返事をしない。

「おたくの管区にも、かくれ切支丹はいるのですか」

「はい」

「この頃は、連中、テレビなどで、写されて収入になるもんだから、次第に悦《よろこ》びだしましたね。深堀神父の紹介した爺《じい》さんなどは、まるで、ショーの説明役みたいでしたが。そちらの、かくれ切支丹はすぐ会ってくれますか」

「いや、むつかしか、とです」

それで話は切れて私は彼から離れて、もっと話しやすい連中のところに行った。だが、思いがけなくこの朴訥《ぼくとつ》な田舎司祭から一カ月前、手紙がきた。カトリック信者が必ず使う「主の平安」という書きだしから始まるその手紙には、自分の管区内に住んでいるかくれたちを説得した結果、その納戸神《なんどがみ》やおらしょ（祈り）の写しを見せるそうだというのが手紙の内容だった。字は意外と達筆だった。

「この町にもかくれは住んでますか」

うしろをふりむいて、そうたずねると、男は首をふって、

「おりまっせん。山の部落に住んどるとです」

半時間後ついた教会では、入口の前に、黒いスータンを着た男が手をうしろに組んで、自転車をもった青年と一緒に立っていた。

一度だけだが前にともかく、会ったので、こちらが気やすく挨拶《あいさつ》すると、向うは少し当惑したような表情で、青年と迎えに来てくれた男を見た。それは私が迂闊《うかつ》だったのである。東京や大阪とちがって、この地方では、神父さまはいわばその村では村長と同じように、時にはそれ以上に敬われている殿さまのような存在だということを忘れていたわけだ。

「次郎。中村さんに、先生が来たと」と司祭は青年に命令した。「言うてこいや」青年は恭《うやうや》しく頭をさげて自転車にまたがると、闇《やみ》のなかにすぐ消えていった。

「かくれがいる部落はどちらですか」

私の質問に、神父は、今来た道とは反対の方向を指さした。山にさえぎられているのか灯もみえない。かくれ切支丹たちは、迫害時代、役人の眼をのがれるために、できるだけ探しにくい山間《やまあい》や海岸に住んだのだが、ここも同じなのにちがいない。明日はかなり、歩くなと、私はあまり強くない自分の体のことを考えた。七年前に私は胸部の手術を受けて直ったものの、まだ体力には自信がないのである。

母の夢をみた。夢のなかの私は胸の手術を受けて病室に連れてきたばかりらしく、死体のようにベッドの上に放りだされていた。鼻孔には酸素ボンベにつながれたゴム管が入れられて、右手にも足にも針が突っこまれていたが、それはベッドにくくりつけた輸血瓶から血を送るためだった。

私は意識を半ば失っている筈《はず》なのに、自分の手を握っている灰色の翳《かげ》が、けだるい麻酔の感覚のなかでどうやら誰かかはわかっていた。それは母だった。病室にはふしぎに医師も妻もいなかった。

そういう夢を、今日まで幾度か見た。眼が醒《さ》めたあと、その夢と現実とがまだ区別できず、しばらく寝床の上でぼんやりしているのも、それから、やっとここが三年間も入院した病院のなかではなく自分の家であることに気づいて、思わず溜息《ためいき》をつくのも何時《いつ》ものことだった。

夢のことは、妻には黙っていた。実際には三回にわたるその手術の夜、一睡もしないで看病してくれたのは、妻だったのに、その妻が夢のなかには存在していないのが申し訳ない気がしたためだが、それよりもその奥に自分も気づいていないような、私と母との固い結びつきが、彼女の死後二十年もたった今でも、あるのが夢にまで出て厭《いや》だったからである。

精神分析学など詳しくはない私にはこうした夢が一体、なにを意味するのか、わからない。夢のなかで母の顔が実際にみえるわけではない。その動きも明確ではない。あとから考えれば、それは母らしくもあるが、母と断言できもしない。ただそれは、妻でもなく、附添婦《つきそいふ》でも看護婦でもなく、もちろん医師でもなかった。

記憶にある限り、病気の時、母から手を握られて眠ったという経験は子供時代にもない。平生、すぐに思いだす母のイメージは、烈《はげ》しく生きる女の姿である。

五歳の頃、私たちは父の仕事の関係で満洲の大連《たいれん》に住んでいた。はっきりと瞼《まぶた》に浮ぶのは、小さな家の窓からさがっている魚の歯のような氷柱《つらら》である。空は鉛色で今にも雪がふりそうなのに雪は降ってはいない。六畳ほどの部屋のなかで母はヴァイオリンの練習をやっている。もう何時間も、ただ一つの旋律を繰りかえし繰りかえし弾いている。ヴァイオリンを腭《あご》にはさんだ顔は固く、石のようで、眼だけが虚空《こくう》の一点に注がれ、その虚空の一点のなかに自分の探しもとめる、たった一つの音を摑《つか》みだそうとするようだった。そのたった一つの音が摑めぬまま彼女は吐息をつき、いらだち、弓を持った手を絃《げん》の上に動かしつづけている。私はその腭に、褐色の胼胝《たこ》がまるで汚点のようにできているのを知っていた。それは、音楽学校の学生の頃から、たえず、ヴァイオリンを腭の下にはさんだためだったし、五本の指先も、ふれると石のように固くなっていた。それはもう幾千回と、一つの音をみつけるために、絃を強く抑えるためだった。

小学生時代の母のイメージ。それは私の心には夫から棄てられた女としての母である。大連の薄暗い夕暮の部屋で彼女はソファに腰をおろしたまま石像のように動かない。そうやって懸命に苦しみに耐えているのが子供の私にはたまらなかった。横で宿題をやるふりをしながら、私は体全体の神経を母に集中していた。むつかしい事情がわからぬだけに、うつむいたまま、額を手で支えて苦しんでいる彼女の姿がかえってこちらに反射して、私はどうして良いのか辛《つら》かった。

秋から冬にかけてそんな暗い毎日が続く。私はただ、あの母の姿を夕暮の部屋のなかに見たくないばかりにできるだけ学校の帰り道、ぐずぐずと歩いた。ロシヤパンを売る白系ロシヤの老人のあとを何処《どこ》までもついていった。日がかげる頃、やっと、道ばたの小石を蹴《け》り蹴り、家への方角をとった。

「母さんは」ある日、珍しく私を散歩につれだした父が、急に言った。「大事な用で日本に戻るんだが……お前、母さんと一緒に行くかい」

父の顔に大人の嘘《うそ》を感じながら、私はうんと、それだけ、答え、うしろからその時も小石をいつまでも蹴りながら黙って歩いた。その翌月、母は私をつれて、大連から、神戸にいる彼女の姉をたよって船に乗った。

中学時代の母。その思い出はさまざまあっても、一つの点にしぼられる。母は、むかしたったった一つの音をさがしてヴァイオリンをひきつづけたように、その頃、たった一つの信仰を求めて、きびしい、孤独な生活を追い求めていた。冬の朝、まだ凍るような夜あけ、私はしばしば、母の部屋に灯がついているのをみた。彼女がその部屋のなかで何をしているかを私は知っていた。ロザリオを指でくりながら祈ったのである。それからやがて母は私をつれて、最初の阪急電車に乗り、ミサに出かけていく。誰もいない電車のなかで私はだらしなく舟をこいでいた。だが時々、眼をあけると、母の指が、ロザリオを動かしているのが見えた。

暗いうち、雨の音で眼がさめた。急いで身支度をすませ、この平屋の向い側にある煉瓦《れんが》づくりのチャペルに走っていった。

チャペルはこんな貧しい島の町には不似合なほど洒落《しや》れている。昨夜、神父の話を聞くと、この町の信者たちが石をはこび、木材を切って二年がかりで作ったのだそうである。三百年前、切支丹時代の信徒たちもみな、宣教師を悦ばすために、自分らの力で教会を建築したというが、その習慣はこの九州の辺鄙《へんぴ》な島にそのまま受けつがれているのである。

まだ薄暗いチャペルのなかには、白い布をかぶった三人の農婦が、のら着のまま跪《ひざまず》いている。作業着をきた男たちも二人ほどいた。祈禱台《きとうだい》も椅子《いす》もない内陣でみんな畳の上で祈っているのである。彼等はミサがすめばそのまま鍬《くわ》をもって畠《はたけ》に行くか、海に出るようだった。祭壇では、あの司祭が、くぼんだ眼をこちらにむけてカリスを両手でかかえ、聖体奉挙の祈りを呟《つぶや》いている。蠟燭《ろうそく》の灯が、大きなラテン語の聖書を照らしている。私は母のことを考えていた。三十年前、私と母とが通った教会とここが、どこか似ているような気がしてならなかった。

ミサが終ったあと、チャペルの外に出ると雨はやんだが、ガスがたちこめている。昨夜、神父が教えてくれた部落の方角は一面に乳色の霧で覆《おお》われ、その霧のなかに林が影絵のように浮んでいる。

「こげん霧じゃとても行けんですたい」

手をこすりながら神父は私のうしろで呟いた。

「山道はとても滑るけん。今日は一日、体ば休められてだナ、明日、行かれたらどうですか」

この町にも、切支丹の墓などがあるから、午後から見に行ったらどうだというのが神父の案だった。かくれたちのいる部落は山の中腹だから、土地の者ならともかく、片肺しかない私には雨に濡《ぬ》れて歩く肺活量はなかった。

霧の割れ目から、海がみえた。昨日とちがって海は真黒で冷たそうだった。舟はまだ一隻《せき》も出ていない。白い牙《きば》のように波の泡だっているのが、ここからでも良くわかる。

朝食を神父とすませたあと、貸してもらった六畳の部屋で、寝ころんだまま、この地域一帯の歴史を書いた本を読みかえした。細かい雨がふたたび降りつづけ、その砂のながれるような音が部屋の静けさを一層ふかめる。壁にバスの時刻表がはりつけてあるほかは何もない部屋だ。私は急に東京に戻りたくなった。

記録によるとこの地方の切支丹迫害が始まったのは一六〇七年からでそれが一番、烈しくなったのは一六一五年から一七年の間である。

ペトロ・デ・サン・ドミニコ師
マチス
フランシスコ五郎助
ミゲル新右衛門

ドミニコ喜助

それらの名は、私が今いるこの町で一六一五年に殉教した神父、修道士だけを選んだものだが、実際には名もない百姓の信者、漁師の女のなかにも、教えのため命を失った者が、まだまだ沢山いたかも知れない。前から切支丹殉教史を暇にまかせて読んでいるうちに、私は、一つの大胆な仮説を心のうちにたてるようになった。これらの処刑は、一人一人の個人によりも部落の代表者にたいして見せしめのため行われたのではないかという仮定である。もっともこれは当時の記録が裏うちをしてくれぬ限り、いつまでも私の仮定にすぎないが、あの頃の信徒たちは一人一人で殉教するか背教するかを決めたよりは、部落全体の意志に従ったのではないかという気がするのである。

部落民や村民の共同意識は今よりずっと血縁関係を中心にして強かったから、迫害を耐えしのぶのも、屈して転ぶのも、一人一人の考えではなく、全村民で決めたのではないかというのが、前からの私の仮定だった。つまりそうした場合、役人たちも信仰を必死に守る部落民を皆殺しにすれば、労働力の消滅になるので、代表者だけを処刑する。部落民側も部落存続のため、どうしても転ばざるをえない時は全員が棄教する。その点が日本切支丹殉教と外国の殉教の大きなちがいのような気がしていたのである。

南北十粁《キロ》、東西三・五粁のこの島には往時、千五百人ほどの切支丹がいたことは記録でわかっている。当時、島の布教に活躍をしたのは、ポルトガル司祭カミロ・コンスタンツォ神父で、彼は一六二二年に田平《たびら》の浜で火刑に処せられた。薪《まき》に火がつけられ、黒い煙に包まれても、彼の歌う讃美歌《さんびか》「ラウダテ」は群集にきこえたという。それを歌い終り、「聖なる哉《かな》」と、五度大きく叫び彼は息たえた。

百姓や漁師の処刑地は島から小舟で半時間ほど渡った岩島という岩だらけの島だった。信徒たちはその小島の絶壁から、手足を括《くく》られたまま、下に突きおとされた。最もその迫害がひどかった頃には、岩島で処刑される信徒は月に十人をくだらなかったそうである。役人たちも面倒がり、時にはそれらの何人かを菰《こも》に入れて、数珠《じゅず》つなぎにしたままつめたい海に放りこんだ。放りこまれた信徒たちの死体は、ほとんど見つかっていない。

昼すぎまで、島のこんな凄惨《せいさん》な殉教史を再読して時間をつぶした。霧雨はまだ降りつづけている。

昼食の時、神父はいなかった。日にやけた、頬骨の出た中年のおばさんがお給仕に出てくれた。私は彼女のことを漁師のおかみさんぐらいに考えていたのだが、話をしているうちに、なんと、おばさんは生涯を独身で奉仕に身を捧《ささ》げる修道女だと知って驚いた。修道女といえば、東京でよく見かけるあの異様な黒い服を着た女たちとばかり思っていた私は、俗称「女部屋」とこのあたりで言われている修道会の話を初めて聞いた。普通の農婦と同じように田畠《たはた》で働き、託児所で子供の世話をし、病院で病人をみとり、集団生活をするのがこの会の生活で、おばさんも、その一人だそうである。

「神父さまは不動山のほうにモーターバイクで行かれましたけん。二時頃、戻られるとでしょ」

彼女は雨でぬれた窓のほうに眼をやりながら、

「生憎《あいにく》のわるか天気で、先生さまも御退屈でしょ。じきに役場の次郎さんが切支丹墓ば御案内に来ると言うとります」

次郎さんというのは昨夜、神父と教会の前で私を待っていてくれたあの青年のことである。

その言葉通り、次郎さんが、昼食が終ってまもなく、誘いに来てくれた。彼はわざわざ長靴まで用意してきて、

「そのお靴では泥だらけになられると、いかん思うて」

こちらが恐縮するほど、頭を幾度もさげながら、その長靴が古いのをわび、

「先生さまにこげん車、恥ずかしかですたい」

彼の運転する軽四輪で、町を通りぬけると、昨夜、想像したように、屋並はひくく、魚の臭《にお》いが至るところにしみついていた。港では十隻ほどの小舟がそれでも出発の用意をしていた。町役場と小学校だけが鉄筋コンクリートの建物で、目ぬき通りと言っても、五分もしないうちに藁《わら》ぶきの農家に変るのである。電信柱に雨にぬれたストリップの広告がはりつけてあった。広告には裸の女が乳房を押えている絵が描かれ、「性部の王者」というすさまじい題名がつけられていた。

「神父さんは、こげんものを町でやることに、反対運動をされとるです」

「でも若い連中なら、チョクチョク行くだろう。信者の青年でも……」

私の冗談に次郎さんはハンドルを握りながら黙った。私はあわてて、

「今、信者の数は島でどのくらいですか」

「千人ぐらいはおりますでしょ」

切支丹時代は千五百人の信徒数と記録に載っているから、その頃より五百人、下まわったわけである。

「かくれの人数は？」

「ようは知りまっせん。年々、減っとるではなかですか。かくれの仕来《しきた》りば守っとるのも年寄りばっかりで、若い衆はもう馬鹿《ばか》らしかと言うとります」

次郎さんは面白い話を私にしてくれた。かくれたちは、いくらカトリックの司祭や信者が再改宗を説得しても応じない。彼等の言い種《ぐさ》は、自分たちの基督教こそ祖先の頃から伝わったのだから本当の旧教で、明治以後のカトリックは新教だと言い張っているのである。その上、代々、聞きつたえた宣教師《パーデレ》さまたちの姿とあまりにちがった今の司祭の服装が、その不信の種を作ったようで、

「ばってん、フランスの神父さまが、智慧《ちえ》ばしぼられて、あの頃の宣教師の恰好《かっこう》ばされて、かくれば訪ねられたですたい」

「で？」

「かくれの申しますには、これは良う似とるが、どこか、違うとる。どうも信じられん……」

この話には次郎さんのかくれにたいする軽蔑《けいべつ》がどこか感ぜられたが、私は声をたてて笑った。わざわざ、切支丹時代の南蛮宣教師の恰好をしてかくれをたずねたフランス人司祭もユーモアがあるが、いかにもこの島らしい話でよかった。

町を出ると、海にそった灰色の道が続く。左は山が迫り、右は海である。海は鉛色に濁り、ざわめき、車の窓を少しあけると、雨をふくんだ風が、顔にぶつかってきた。防風林に遮《さえぎ》られた場所で車をとめ、次郎さんは傘を私にさしかけてくれた。砂地に

はそれでも、小さな松の植木が点々と植わっている。そして切支丹の墓は、ちょうどその砂の丘が海のほうに傾斜していく先端に転がっている。墓といっても私だって力をだせば抱えあげられるような石で、三分の一は砂に埋まり、表面は風雨に晒《さら》されて鉛色になり、わずかに何かで引っかいたような十字架とローマ字のM、とRとが読めるだけである。そのM、とRとから私はマリアという名を聯想《れんそう》し、ここに埋まっている信徒は女性ではないだろうかと思った。

どうしてこの墓ひとつだけが町からかなり離れたこんな場所にあるのか、わからぬ。迫害後、その血縁がひそかに人目につかぬここに移しかえたのかもしれぬ。あるいは迫害中、この女は、この浜のあたりで処刑されたのかもしれぬ。見棄《みす》てられたこの切支丹の墓のむこうに荒海が拡《ひろ》がっていた。防風林にぶつかる風の音は電線のすれ合うような音をたてている。沖に黒く、小島が見えるが、あれがこの辺の信徒たちを断崖《だんがい》から突き落したり、数珠つなぎにしたまま、海に放りこんだ岩島である。

母に嘘《うそ》をつくことをおぼえた。

私の嘘は今、考えてみると、母にたいするコンプレックスから出たようである。夫から棄てられた苦しさを信仰で慰める以外、道のなかった彼女は、かつてただ一つのヴァイオリンの音に求めた情熱をそのまま、ただ一つの神に向けたのだが、その懸命な気持は、現在では納得がいくものの、たしかに、あの頃の私には息ぐるしかった。彼女が同じ信仰を強要すればするほど、私は、水に溺《おぼ》れた少年のようにその水圧をはねかえそうともがいていた。

級友で田村という生徒がいた。西宮《にしのみや》の遊廓《ゆうかく》の息子である。いつも首によごれた繃帯《ほうたい》をまいて、よく学校を休んだが、おそらくあの頃から結核だったのかもしれない。優等生から軽蔑されて友だちも少ない彼に私が近づいていった気持には、たしかにきびしい母にたいする仕返しがあった。

田村に教えられて、初めて煙草《たばこ》をすった時、ひどい罪を犯したような気がした。学校の弓道場の裏で、田村は、まわりの音を気にしながら、制服のポケットから、皺《しわ》だらけになった煙草の袋をそっとだした。

「はじめから強く吸うから、あかんのやで。ふかすようにしてみいや」

咳《せ》きこみながら鼻と咽喉《のど》とを刺す臭いに、私はくるしかったが、その瞬間、まぶたの裏に母の顔がうかんだ。まだ暗いうちに、寝床から出て、ロザリオの祈りをやっている彼女の顔である。私はそれを払いのけるために、さっきよりも深く、煙を飲みこんだ。

学校の帰りに映画に行くことも田村から習った。西宮の阪神駅にちかい二番館に田村のあとから、かくれるように真暗な館内に入った。便所の臭気がどこからか漂ってくる。子供の泣き声や、老人の咳払いの中に、映写機の回転する音が単調にきこえる。私は今頃、母は何をしているかと考えてばかりいた。

「もう帰ろうや」

何度も田村を促す私に、彼は腹をたてて、

「うるさい奴《やつ》やな。なら、一人で帰れ」

外に出ると、阪神電車が勤め帰りの人を乗せて、我々の前を通りすぎていった。「そんなにお袋に、ビクビクすんな」と田村は嘲《あざけ》るように肩をすぼめた。「うまいこと言うたらええやないか」

彼と別れたあと、人影のない道を歩きながら、どういう嘘をつこうかと考えた。家にたどりつくまで、その嘘はどうしても思いつかなかった。

「補講があったさかい。そろそろ受験準備せないかん言われて」

私は息をつめ、一気にその言葉を言った。そして、母がそれを素直に信じた時、胸の痛みと同時にひそかな満足感も感じていた。

正直いって、私には本当の信仰心などなかった。母の命令で教会に通っても、私は手を組み合わわせ、祈るふりをしているだけで、心は別のことをぼんやりと空想していた。田村とその後たびたび出かけた映画のシーンや、ある日、彼がそっと見せてくれた女の写真などまでが心に浮んでくる。チャペルの中で信者たちは立ったり跪《ひざまず》いたりしてミサを行う司祭の祈りに従っていた。抑えようとすればするほど、妄想は嘲るように、頭のなかにあらわれてくる。

真実、私はなぜ母がこのようなものを信じられるのか、わからなかった。神父の話も、聖書の出来事も十字架も、自分たちには関係のない、実感のない古い出来事のような気がした。日曜になると、皆がここに集まり、咳ばらいをしたり、子供を叱《しか》りながら、両手を組み合わせる気持を疑った。私は時々、そんな自分に後悔と、母へのすまなさとを感じ、もし神があるならば、自分にも信仰心を与えてほしいと祈ったが、そんなことで気持が変る筈《はず》はなかった。

もう、毎朝のミサに行くこともやめるようになった。受験勉強があるからというのが口実で、私はその頃から心臓の発作を訴えだした母が、それでも、冬の朝、ひとりで教会に出かける足音を、平気で寝床で聞いていた。やがて、一週に一度は行かねばならぬ日曜日の教会さえ、さぼるようになり、母の手前、家を出ても西宮の、ようやく買物客が集まりだした盛り場を、ぶらぶらと歩き、映画館の立看板をみながら時間をつぶすのだった。

その頃から母は屢々《しばしば》、息ぐるしくなることがあった。道を歩いていても、時折、片手で胸を押え、顔をしかめたまま、じっと立ちどまる。私は高を括っていた。十六歳の少年には死の恐怖を想像することはできなかった。発作は一時的なもので、五分もすれば元通りになったから、大した病気ではないと考えていた。実は長い間の苦しみと疲労とが、彼女の心臓を弱らせていたのである。にもかかわらず、母は毎朝五時に起き、重い足をひきずるようにして、まだ人影のない道を、電車の駅まで歩いていくのだった。教会はその電車に乗って二駅目にあったからである。

ある土曜日、私は、どうにも誘惑に勝てず、登校の途中、下車をして、盛り場に出かけた。鞄《かばん》はその頃、田村と通いはじめていた喫茶店にあずけることにした。映画がはじまるまで、まだかなりの時間があった。ポケットには一円札が入っていたが、それは、数日前、母の財布から、とったものである。時折、私は母の財布をあける習慣がついていた。夕暮まで映画をみて、何くわぬ顔をして家に戻った。

玄関をあけると、思いがけず、母が、そこに、立っていた。物も言わず、私を見つめている。やがてその顔がゆっくりと歪《ゆが》み、歪んだ頰に、ゆっくりと涙がこぼれた。

学校からの電話で一切がばれたのを私は知った。その夜、おそくまで、隣室で母はすすり泣いていた。耳の穴のなかに指を入れ、懸命にその声を聞くまいとしたが、どうしても鼓膜に伝わってくる。私は後悔よりも、この場を切りぬける嘘を考えていた。

役場につれて行ってもらって、出土品を見ていると、窓が白みはじめた。眼をあげるとやっと雨もやんだようである。

「学校のほうへ行かれると、もうチトありますがなア」

中村さんという助役が横にたって心配そうにたずねる。まるでここに何もないのが自分の責任のような表情をしている。役場と小学校にあるのは、私の見たいかくれの遺物ではなく、小学校の先生たちが発掘した上代土器の破片だけだった。

「たとえばかくれのロザリオとか十字架はないのですか」

中村さんは更に恐縮して首をふり、

「かくれの人たちア、かくしごとが好きじゃケン。直接、行かれるより、仕様がなか。何しろ偏窟《へんくつ》じゃからな。あの連中は」

次郎さんの場合と同じように、この中村さんの言葉にもかくれにたいする一種の軽蔑心が感じられる。

天気模様をみていた次郎さんが戻ってきて、

「恢復《かいふく》したけえ。明日は、大丈夫ですたい。なら、今から岩島ば見物されてはどうですか」

と奨《すす》めてくれた。さきほど、切支丹の墓のある場所で、私が何とかして岩島を見られないかと頼んだからである。

助役はすぐ漁業組合に電話をかけたが、こういう時は、役場は便利なもので、組合では小さなモーターつきの舟を出してくれることになった。

ゴム引きの合羽《かっぱ》を中村さんから借りた。次郎さんも入れて三人で港まで行くと、一人の漁師がもう舟を用意している。雨でぬれた板に茣蓙《ござ》をしいて腰かけさせてくれたが、足もとには汚水が溜《たま》っていた。その水のなかに、小さな銀色の魚の死体が一匹漂っていた。

モーターの音をたてて舟がまだ波のあらい海に出ると、揺れは次第に烈《はげ》しくなる。波に乗る時はかすかな快感があるが、落ちる時は、胃のあたりが締められるようだ。

「岩島は、よか釣場ですたい。わしら、休日には、よう行くが、先生さまは釣りばなさらんとですか」

私が首をふると、助役は気ぬけした顔をして漁師や次郎さんに、大きな黒鯛《くろだい》を釣った自慢話をはじめた。

合羽は水しぶきで容赦なく濡《ぬ》れる。私は海風のつめたさにさっきから閉口していた。そう言えば、さっきまで鉛色だった海の色がここでは黒く、冷たそうである。私は四世紀前に、ここで数珠《じゅず》つなぎになって放りこまれた信徒たちのことを思った。もし、自分がそのような時代に生れていたならば、そうした刑罰にはとても耐える自信はなかった。母のことをふと考えた。西宮の盛り場をうろつき、母親に嘘をついていたあの頃の自分の姿が急に心に甦《よみがえ》った。

島は次第に近くなった。岩島という名の通り、岩だけの島である。頂だけに、わずかに灌木《かんぼく》が生えているようだ。助役にきくと、ここは郵政省の役人が時々、見に行くほかは、町民の釣場として役にたつだけだという。

十羽ほどの鳥が嗄《しわが》れた声をあげながら頂の上に舞っていた。灰色の雨空をそれら鳥の声が裂き、荒涼として気味がわるかった。岩の割れ目も凸凹がはっきりと見えはじめた。波がその岩にぶつかり壮絶な音をたてて白い水しぶきをあげている。

信徒たちを突き落した絶壁はどこかとたずねたが、助役も次郎さんも知らなかった。おそらく一箇所ときめたわけでなく、どこからでも、落したのであろう。

「怖《おそ》ろしか、ことですたい」

「今じゃとても考えられん」

私がさっきから思っているようなことは、同じカトリック信者の助役や次郎さんの意識には浮んではいないらしかった。

「この洞穴は蝙蝠《こうもり》がようおりましてなア。近づくとチイチイ鳴き声がきこえよる」

「妙なもんじゃな。あれだけ、速う飛んでも、決してぶつからん。レーダーみたいなものが、あるとじゃ」

「ぐうっと一まわりして先生さま、帰りますか」

兇暴《きようぼう》に白い波が島の裏側を嚙《か》んでいた。雨雲が割れて、島の山々の中腹が、漸《よう》やくはっきりと見えはじめた。

「かくれの部落はあそこあたりですたい」

助役は昨夜の神父と同じように、その山の方向を指さした。

「今では、かくれの人も皆と交際しているんでしょう」

「まアなア。学校の小使さんにも一人おられたのオ。下村さん、あれは部落の人じゃったからな。しかし、どうも厭《いや》じゃノオ。話が合わんですたい」

二人の話によると、やはり町のカトリック信者はかくれの人と交際したり結婚するのは何となく躊躇《ちゆうちよ》するのだそうである。それは宗教の違いと言うよりは心理的な対立の理由によるものらしい。かくれは今でもかくれ同士で結婚している。そうしなければ、自分たちの信仰が守れないからであり、そうした習慣が彼等を特殊な連中のように、今でさえ考えさせている。

ガスに半ばかくれたあの山の中腹で三百年もの間、かくれ切支丹たちは、ほかのかくれ部落と同じように「お水役」「張役」「送り」「取次役」などの係りをきめ、外部の一切にその秘密組織がもれぬように信仰を守りつづけた筈である。祖父から父親に、父親からその子にと代々、祈《オラショ》りを伝え、その暗い納戸《なんど》に、彼等の信仰する何かを祭っていたわけである。私はその孤立した部落を何か荒涼としたものを見るような気持で、山の中腹に探した。だが、もちろん、それはここから眼にうつる筈けなかった。

「あげん偏窟な連中に、先生、なして興味ば持たれるとですか」

助役さんは、ふしぎそうに私にたずねたが、私はいい加減な返事をしておいた。

秋晴れの日、菊の花をもって墓参りに行った。母の墓は府中市のカトリック墓地にある。学生時代から、この墓地に行く道を幾度、往復したか知らない。昔は栗《くり》や橡《とちのき》の雑木林と麦畑とが両側に拡《ひろ》がって、春などは結構、いい散歩道だったことも、今は、真直《まっす》ぐなバス道路が走り、商店がずらりと並んだ。あの頃、その墓地の前にぽつんとあった小屋がけの石屋まで、二階建ての建物になってしまった。来るたびに一つ一つの思い出が心に浮ぶ。大学を卒《お》えた日も墓参した。留学で仏蘭西《フランス》に行く船にのる前日にもここにきた。病気になって日本に戻った翌日、一番、先に飛んできたのもここである。結婚する時も、入院する時も、欠かさず、この墓にやってきた。今でも妻にさえ黙ってそっと詣《もう》でることがある。ここは誰にも言いたくない私と母の会話の場所だからである。親しい者にさえ狎々《なれなれ》しく犯されまいという気持が私の心の奥にある。小径《こみち》を通りぬける。墓地の真中に聖母の像があって、その回りに一列に行儀よく並んだ石の墓標は、この日本で骨をうずめた修道女たちの墓地である。それを中心に白い十字架や石の墓がある。すべての墓の上に、あかるい陽と静寂とが支配している。

母の墓は小さい。その小さな小さな墓石をみると心が痛む。回りの雑草をむしる。虫が羽音をたて一人で働いている、私の回りを飛びまわる。その羽音以外、ほとんど物音がしない。

柄杓《ひしやく》の水をかけながら、いつものように母の死んだ日のことを考える。それは私にとって辛《つら》い思い出である。彼女が、心臓の発作で廊下に倒れ、息を引きとる間、私はそばにいなかった。私は田村の家で、母が見たら泣きだすようなことをしていたのである。

その時、田村は、自分の机の引出しから、新聞紙に包んだ葉書の束のようなものを取りだしていた。そして、何かを私にそっと教える際、いつもやるうすら笑いを頰にうかべた。

「これ、そこらで売っとる代物《しろもの》と違うのやで」

新聞紙の中には十枚ほどの写真がはいっていた。写真は洗いがわるいせいか、縁が黄色く変色している。影のなかで男の暗い体と女の白い体とが重なりあっている。女は眉《まゆ》をよせ苦しそうだった。私は溜息《ためいき》をつき、一枚一枚をくりかえして見た。

「助平。もうええやろう」

どこかで電話がなり、誰かが出て、走ってくる足音がした。素早く田村は写真を引出しに放りこんだ。女の声が私の名を呼んだ。

「早う、お帰り。あんたの母さん、病気で倒れたそうやがな」

「どないしてん」

「どないしたんやろ」私はまだ引出しの方に眼をむけていた。「どうして俺、ここにいること、知ったんやろな」

私の母が倒れたと言うことよりも、なぜ、ここに来ているのがわかったのかと不安になっていた。彼の父親が遊廓《ゆうかく》をやっていると知ってから、母は、田村の家に行くことを禁じていたからである。それに母が心臓発作で寝こむのは、近頃、そう珍しいことではなかった。しかし、その都度、名前は忘れたが、医師がくれる白い丸薬を飲むことで、発作は静まるのだった。

私はのろのろと、まだ陽の強い裏道を歩いた。売地とかいた野原に錆《さ》びたスクラップが積まれていた。横に町工場がある。工場では何を打っているのか、鈍い、重い音が規則ただしく聞えてくる。自転車にのった男が向うからやってきて、その埃《ほこり》っぽい雑草のはえた空地で立小便をしはじめた。

家はもう見えていた。いつもと全く同じように、私の部屋の窓が半分あいている。家の前では近所の子供たちが遊んでいる。すべてがいつもと変りなく、何かが起った気配はなかった。玄関の前に、教会の神父が立っていた。

「お母さんは……さっき、死にました」

彼は一語一語を区切って静かに言った。その声は馬鹿《ばか》な中学生の私にもはっきりわかるほど、感情を押し殺した声だった。その声は、馬鹿な中学生の私にもはっきりわかるほど、皮肉をこめていた。

奥の八畳に寝かされた母の遺体をかこんで、近所の人や教会の信者たちが、背をまげて坐《すわ》っていた。だれも私に見向きもせず、声もかけなかった。その人たちの固い背中が、すべて、私を非難しているのがわかった。

母の顔は牛乳のように白くなっていた。眉と眉との間に、苦しそうな影がまだ残っていた。私はその時、不謹慎にも、さっき見たあの暗い写真の女の表情を思いだした。この時、はじめて、自分のやったことを自覚して私は泣いた。

桶《おけ》の水をかけ終り、菊の花を墓石にそなえつけた花器にさすと、その花に、さきほど顔の回りをかすめていた虫が飛んできた。母を埋めている土は武蔵野《むさしの》特有の黒土である。私もいつかはここに葬《ほうむ》られ、ふたたび少年時代と同じように、彼女と二人きりでここに住むことになるだろう。

助役は私に、何故《なぜ》、かくれなどに興味を持つのかとたずねたが、いい加減な返事をしておいた。

かくれ切支丹に関心を抱く人は近頃、随分、多くなっている。比較宗教学の研究家たちには、この黒教と呼ばれる宗教は恰好《かっこう》の素材である。NHKも幾度か、五島や生月のかくれたちをテレビで写したし、私の知っている外人神父たちも、長崎に来ると、たずねまわる方が多いようである。だが、私にとって、かくれが興味があるのは、たった一つの理由のためである。それは彼等が、転び者の子孫だからである。その上、この子孫たちは、祖先と同じように、完全に転びきることさえできず、生涯、自分のまやかしの生き方に、後悔と暗い後目痛《うしろめた》さと屈辱とを感じつづけながら生きてきたという点である。

切支丹時代を背景にしたある小説を書いてから、私はこの転び者の子孫に次第に心惹《ひ》かれはじめた。世間には嘘《うそ》をつき、本心は誰にも決して見せぬという二重の生き方を、一生の間、送らねばならなかったかくれの中に、私は時として、自分の姿をそのまま感じることがある。私にも決して今まで口には出さず、死ぬまで誰にも言わぬであろう一つの秘密がある。

その夜、神父や次郎さんや助役さんと酒を飲んだ。昼食の時、給仕をしてくれたおばさんの修道女が、大きな皿に生海胆《なまうに》と鮑《あわび》とをいっぱいに盛って出してくれた。地酒は、甘すぎて、辛口しか飲まぬ私には残念だったが、生海胆はあの長崎のものが古いと思われるほど、新鮮だった。さっきまで、やんでいた雨がまた降りはじめた。酔った次郎さんが、唄《うた》を歌いはじめた。

むむ　参ろうやなア　参ろうやなあ
パライゾの寺にぞ、参ろうやなあ

むむ
パライゾの寺とな　申するやなあ
広い寺とは申するやなあ
広いなあ狭いは、わが胸にであるぞやなア

この歌は私も知っていた。二年前、平戸に行った時、あそこの信者が教えてくれたからである。リズムは把《とら》えがたく憶《おぼ》えられなかったが、今、どこかもの悲しい次郎さんの歌声を聞いていると、眼にかくれたちの暗い表情が浮んでくる。頬骨が出て、くぼんだ眼で、どこか一点をじっと見ている顔。長い鎖国の間、二度とくる筈《はず》のない宣教師たちの船を待ちながら、彼等はこの唄を小声で歌っていたのかもしれぬ。

「不動山の高石つぁんの牛が死んだとよ。よか牛じゃったがなア」

神父はあの東京のパーティであった時とは違っていた。一合ほどの酒で、もう首まで赤黒くなりながら、助役を相手に話している。今日一日で、神父も次郎さんもどうやら私に他国者《よそもの》意識を棄《す》ててくれたのかも知れぬ。東京の気どった司祭たちとちがって農民の一人といったこの司祭に、次第に好意を感じてくる。

「不動山の方にもかくれはいますか」

「おりまっせん。あそこは、全部、うちの信者ですたい」

神父は少し胸を張って言い、次郎さんと助役さんは重々しい顔でうなずいた。朝から気づいたことだが、この人たちはかくれを軽蔑《けいべつ》し、見くだしているようである。

「そりゃア、仕方なかですたい。つき合いばせんとじゃから。いわば結社みたいなもんですたい、あの人たちは」

五島や生月ではかくれは、もうこの島ほど閉鎖的ではない。ここでは信者たちでさえ彼等の秘密主義に警戒心を抱いているようにみえる。だが、次郎さんや中村さんだって、かくれの先祖を持っているのである。それに二人が今、気がついていないのが、少し、おかしかった。

「一体、何を拝んでいるのでしょう」

「何を拝んどりますか。ありゃア、もう本当の基督教じゃなかです」神父は困ったように溜息をついた。「一種の迷信ですたい」

また、面白い話をきいた。この島では、カトリック信者が、新暦でクリスマスや復活祭を祝うのにたいし、かくれたちは旧暦でそっと同じ祭を行うのだそうである。

「いつぞや、山ばのぼっとりましたらな、ここそと集まっとるです。あとで聞いたら、あれがかくれの復活祭でしたたい」

助役と次郎さんとが引きあげたあと、部屋に戻った。酒のせいか、頭が熱っぽいので窓をあけると、太鼓を叩《たた》くような海の音が聞える。闇《やみ》はふかくひろがっていた。海の音が更にその闇と静寂とを深くしているように私には思えた。今まで色々なところで夜を送ったが、このような夜のふかさは珍しかった。

私は、長い長い年数の間、この島に住んだかくれたちも、あの海の音を聞いたのだなと感無量だった。彼等は肉体の弱さや死の恐怖のため信仰を棄てた転び者の子孫である。役人や仏教徒からも蔑《さげす》まれながら、かくれは五島や生月や、この島に移住してきた。そのくせ、祖先たちからの教えを棄てきれず、と言っておのが信仰を殉教者たちのように敢然とあらわす勇気もない。その恥ずかしさをかくれはたえず嚙《か》みしめながら生きてきたのだ。

頰骨が出て、くぼんだ眼で、じっと一点を見つめているような、ここ特有の顔は、そうした恥ずかしさが次第につくりあげたものである。昨日、一緒にフェリー・ボートに乗った四、五人の男たちも次郎さんも助役も、そんな同じような顔をしている。そしてその顔に、時折、狡《ずる》さと臆病《おくびよう》との入りまじった表情がかすめる。

かくれの組織は、五島や生月やここでは多少の違いがあるが、司祭の役割をするのが、張役とか爺役で、その爺役から、みんなは、大切な祈《オラシヨ》りを受けつぎ、大事な祭の日を教えられる。赤ん坊が生れると洗礼をさずけるのは、水方である。所によっては爺役と水方とを兼任させる部落もある。そうした役職は代々、世襲制にしているところが多い。その下に更に五軒ぐらいの家で、組を作っている例を、私は生月で見たことがある。

かくれたちは勿論《もちろん》、役人たちの手前、仏教徒を装《よそお》っていた。檀那寺《だんなでら》をもち、宗門帳にも仏教徒として名を書かれていた。ある時期には、祖先たちと同じように、役人たちの前で踏絵に足をかけねばならない時もあった。踏絵を踏んだ日、彼等は、おのが卑怯《ひきよう》さとみじめさを嚙みしめながら部落に戻り、おテンペンシャと呼ぶ緒でつくった縄で体を打った。おテンペンシャは、ポルトガル語のデシピリナを、彼等が間違えて使った言葉で、本来「鞭《むち》」という意味だそうである。私は東京の切支丹学者の家で、その鞭《オテンペンシャ》を見たことがある。四十六本の縄をたばねたもので、実際、腕を叩いてみるとかなり痛かった。かくれたちはこの鞭で身を打つのである。

だがそんなことで、彼等の後目痛《うしろめた》さが晴れるわけではなかった。裏切者の屈辱や不安が消えるわけではなかった。殉教した仲間や自分たちを叱咤《しった》した宣教師のきびしい眼が遠くから彼等をじっと見つめていた。その咎《とが》めるような眼差《まなざ》しは心から追い払おうとしても追い払えるものではなかった。だから彼等の祈《オラシヨ》りを読むと、今の基督教祈《き》禱書《とうしょ》の翻訳調の祈りとはちがった、たどたどしい悲しみの言葉と許しを乞《こ》う言葉が続いているのだ。字をよめぬかくれたちが、一つ一つ口ごもりながら呟《つぶや》いた祈りはすべてその恥ずかしさから生れている。「でうすのおんはあ、サンタマリア、われらは、これが、さいごーにて、われら悪人のため、たのみたまえ」「この涙の谷にて、うめき、なきて、御身にねがい、かけ奉《たてまつ》る。われらがおとりなして、あわれみのおまなこを、むかわせたまえ」

私は闇のなかの海のざわめきを聞きながら、畠《はたけ》仕事と、漁との後、それらのオラショを嗄《しわが》れた声で呟いているかくれの姿を心に思いうかべる。彼等は自分たちの弱さが、聖母のとりなしで許されることだけを祈ったのである。なぜなら、かくれたちにとって、デウスは、きびしい父のような存在だったから子供が母に父へのとりなしを頼むように、かくれたちはサンタマリアに、とりなしを祈ったのだ。かくれたちにマリア信仰がつよく、マリア観音を特に礼拝したのもそのためだと私は思うようになった。

寝床に入っても、寝つかれなかった。うすい蒲団《ふとん》のなかで、私は小声で、さっき次郎さんが教えてくれた唄の曲を思いだそうとしたが無駄だった。

夢を見た。夢のなかで、私は胸の手術を受けて病室に運ばれてきたばかりらしく、死体のようにベッドに放り出されていた。鼻孔には酸素ボンベにつながれたゴム管が入れられ、右手にも右足にも針が突っこまれていたが、それはベッドに括《くく》りつけた輸血瓶から血を送るためだった。私は意識を半ば失っている筈なのに、自分の手を握ってくれている灰色の翳《かげ》が誰かわかっていた。それは母で、母のほか病室には医師も妻もいなかった。

母が出てくるのはそんな夢のなかだけではなかった。夕暮の陸橋の上を歩いている時、ひろがる雲に、私はふと彼女の顔を見ることがあった。酒場で女たちと話をしている時、話が跡切《とぎ》れて、無意味な空白感が心を横切る折、突然、母の存在を横に感じることもある。真夜中まで、上半身を丸めるようにして仕事をしている時、急に彼女を背後に意識することもある。母はうしろから、こちらの筆の動きを覗《のぞ》きこむような恰好をしている。仕事の間は、子供はもちろん、妻さえ、絶対に書斎に入れぬ私なのに、その場合、ふしぎに母は邪魔にならない。気を苛立《いらだ》たせもしない。

そんな時の母は、昔、一つの音を追い求めてヴァイオリンを弾き続けていたあの懸命な姿でもない。車掌のほかは誰もいない、阪急の一番電車の片隅でロザリオをじっと、まさぐっていた彼女でもない。両手を前に合わせて、私を背後から少し哀《かな》しげな眼をして見ている母なのである。

貝のなかに透明な真珠が少しずつ出来あがっていくように、私は、そんな母のイメージをいつか形づくっていたのにちがいない。なぜなら、そのような哀しげなくたびれた眼で私を見た母は、ほとんど現実の記憶にないからだ。

それがどうして生れたのか、今では、わかっている。そのイメージは、母が昔、持っていた「哀しみの聖母《マーテル・ドロロサ》」像の顔を重ね合わせているのだ。

母が死んだあと、彼女の持物や着物や帯は、次々と人が持っていった。形見分けと言って、中学生の私の眼の前で叔母たちはまるでデパートの品物をひっくりかえすように、簞笥《たんす》の引出しに手を入れていたが、そのくせ、母には最も大事だった古びたヴァイオリンや、長年使っていたボロボロの祈禱書や針金が切れかかったロザリオには見向きもしなかった。そして叔母たちが、棄てていったもののなかに、どこの教会でも売っているこの安物の聖母像があった。

私は母の死後、その大事なものだけを、下宿や住まいを変えるたびに箱に入れて持って歩いた。ヴァイオリンはやがて絃《げん》も切れ、罅《ひび》がはいった。祈禱書の表紙も取れてしまった。そしてその聖母像も昭和二十年の冬の空襲で焼いた。

空襲の翌朝は真青な空で、四谷《よつや》から新宿まで褐色の焼けあとがひろがり、余燼《よじん》は至る所にくすぶっていた。私は自分のいた四谷の下宿のあとにしゃがみ、木切れで、灰の中をかきまわし、茶碗《ちゃわん》のかけらや、僅《わず》かな頁《ページ》の残った字引の残骸《ざんがい》をほじくり出した。しばらくして何か固いものにさわり、まだ余熱の残った灰のなかに手を入れると、その聖母の上半身だけが出てきた。石膏《せっこう》はすっかり変色して、前には通俗的な顔だったものが更に醜く変っていた。それも今では歳月を経るにしたがって、更に眼鼻だちもぼんやりとしてきている。結婚したあと、妻が一度、落したのを接着剤でつけたため、余計にその表情がなくなったのである。

入院した時も私はその聖母を病室においていた。手術が失敗して二年目がきた頃、私は経済的にも精神的にも困《こう》じ果てていた。医師は私の体に半ば匙《さじ》を投げていたし、収入は跡絶《とだ》えていた。

夜、暗い灯の下で、ベッドからよくその聖母の顔を眺めた。顔はなぜか哀しそうで、じっと私を見つめているように思えた。それは、今まで私が知っていた西洋の絵や彫刻の聖母とはすっかり違っていた。空襲と長い歳月に罅が入り、鼻も欠けたその顔には、ただ、哀しみだけを残していた。私は仏蘭西に留学していた時、あまたの「哀しみの聖母《マーテル・ドロロサ》」の像や絵画を見たが、もちろん、母のこの形見は、空襲や歳月で、原型の面影を全く失っていた。ただ残っているのは哀しみだけであった。

おそらく私はその像と、自分にあらわれる母の表情とをいつか一緒にしたのであろう。時にはその「哀しみの聖母」の顔は、母が死んだ時のそれにも似て見えた。眉《まゆ》と眉との間にくるしげな影を残して、蒲団の上に寝かされていた、死後の母の顔を私ははっきりと憶えている。

母が、私に現われることを妻に話したことはあまりない。一度、それを口に出した時、妻は口では何かを言ったが、あきらかに不快な色を浮べたからである。

ガスは一面にたちこめていた。

そのガスのなかから、からすの鳴く声がきこえてきたので、部落がやっと近くなったことがわかる。ここまで来るまでは、やはり肺活量の少ない私には相当の難儀だった。山道の傾斜もかなり急だったが、それより次郎さんから借りた長靴では粘土の道が滑るので閉口した。

これでも良い方なのだと、中村さんが弁解する。昔は、このガスでは見えぬが南にある山道しかなくて、部落まで行くには半日がかりだったそうである。そういう尋ねにくい場所に住んだのも、かくれたちが役人の眼を避ける智慧《ちえ》だったのだろう。

両側は、段々畠で、ガスのなかに樹木の黒い翳がぼんやりみえ、からすの鳴き声が更に大きくなった。昨日たずねた岩島の上にも、からすの群れが舞っていたのを思いだした。

畠で働いていた親子らしい女と子供に中村さんが声をかけると、母親は頬かぶりを取って丁寧に頭を下げる。

「川原菊市つぁんの家は、この下じゃったな。東京から、話ばしといた先生さまが来なさったばってん」

子供は私のほうを珍しそうに見つめていたが、母親に叱《しか》られて畠のなかを駆けていった。

助役さんの智慧で、町から手土産の酒を買ってきていた。道中は次郎さんが持ってくれたのだが、その一升瓶を受けとり、私は二人のあとから部落に入った。部落のなかで、ラジオの歌謡曲が聞えてきた。モーターバイクを納屋《なや》においてある家もある。

「若い者はみなここを出たがりますたい」

「町に行くのですか」

「いや、佐世保や平戸に出かせぎに行っとる者の多かですたい。やはり島ではかくれの子と言われれば働きにくかとでしょう」

からすはどこまでも追いかけてきた。今度は藁《わら》ぶきの屋根にとまって鳴いている。まるで我々の来たことをここの人たちに警告しているようである。

川原菊市さんの家は、ほかの家よりやや大きく、屋根も瓦《かわら》ぶきで、うしろ側に楠《くすのき》の大木がある。その家を見ただけで、私は菊市さんが「爺役」——つまり、司祭の役をしているのだとすぐわかった。

私を外に待たしたまま、中村さんは、しばらく家の中で、家族と交渉していた。さっきの子供が、ずりさがったズボンに手を入れて、少し離れたところで私たちを見ていた。気がつくとこの子供は泥だらけのはだしである。からすがまた鳴いている。

「厭《いや》がっているようですね、我々に会うのを」

次郎さんに言うと、

「ナーニ、助役さんが話せば、大丈夫ですたい」

私を少し安心させてくれた。

やっと話がついて土間のなかに入ると、一人の女が、暗い奥からこちらをじっと見ている。私は一升瓶を名刺代りだと差し出したが返事はなかった。

家のなかはひどく暗い。天候のせいもあるが、晴れていてもこの暗さはそれほど変りあるまいと思われるほどだった。そして、一種独得の臭《にお》いが鼻についた。

川原菊市さんは六十ほどの年寄りで、私の顔を直視せず、どこか別のところを見つめているような怯《おび》えた眼つきで返事をする。その返事も言葉少なく、できれば、早く帰ってほしいような感じだった。話が幾度か跡切れるたび、部屋のなかは勿論、土間の石臼《いしうす》や莚《むしろ》や藁の束にまで私は視線をむけた。爺役の杖《つえ》か、納戸《なんど》神《がみ》のかくし場所を探していたのである。

爺役の杖は、爺役だけの持つもので、洗礼を授けに行く時は樫《かし》の杖を使い、家払いにはグミの杖を使うが決して竹は用いない。それは切支丹時代に、司祭が持った杖を真似《まね》たことは明らかである。

注意ぶかく見たのだが、もちろん杖も納戸神のかくし場所もわからない。私はやっと菊市さんたちの伝承している祈り《オラショ》をきいたが、そのオラショは、他のかくれたちの祈りと全く同じで、たどたどしい悲しみの言葉と許しを乞う言葉で埋められていた。

「この涙の谷にてうめき、なきて御身にねがい、かけ奉る」菊市さんは一点を見つめたまま、一種の節をつけながら呟《つぶや》いた。「我等が御とりなして、あわれみのおまなこを、むかわせたまえ」その節まわしは昨夜、次郎さんが歌った歌と同じように、不器用な言葉をつなぎあわせ、何ものかに訴えているようだった。

「この涙の谷にて、うめき、なきて」

私も菊市さんの言葉を繰りかえしながら、その節を憶《おぼ》えようとした。

「御身にねがい、かけ奉る」

「御身にねがい、かけ奉る」

「あわれみのおまなこを」

「あわれみのおまなこを」

瞼《まぶた》の裏に、年に一度、踏絵を踏まされ寺参りを強いられた夜に部落に戻った後、この暗い家の中でそれら祈りを唱えるかくれたちの姿が浮んでくる。「われらが、おとりなして、あわれみの、おまなこを……」

からすが鳴いている。私たちはしばらくの間、黙って、縁側のむこうに一面ながれてくるガスを眺めていた。風が出てきたのか、乳色のガスの流れは速くなっている。

「納戸神を、見せて……もらえないでしょうか」

私は口ごもりながら頼んだが菊市さんの眼は別の方向にむいたまま、返事がない。

納戸神とは、言うまでもなく別に切支丹用語ではなくて、納戸に祭る神の意味だったが、かくれたちの間では自分の祈る対象を、人目に最もつかぬ納戸にかくして、世間には納戸神と呼び役人の眼を誤魔化していたのである。そしてその納戸神の実体を、信仰の自由を認められた今日でさえ、かくれたちは異教徒《ゼンチヨ》に見せたがらない。異教徒《ゼンチヨ》に見せれば、納戸神に穢《けが》れを与えると信じているかくれも多いのである。

「折角、東京から来なさったんじゃ。見せてあげたらよか」

中村さんが少しきつく頼むと、菊市さんはやっと腰をあげた。

そのあとから我々が土間を通りすぎると、さっきの暗い部屋から女が異様なほど眼をすえてじっとこちらを見つめていた。

「気をつけなっせ」

腰をかがめねば通れぬ入口を通り納戸にはいる時、次郎さんが背後から注意してくれた。土間よりも、もっと薄暗い空間には、藁と馬鈴薯《ばれいしょ》の生ぐさい臭いがする。真向いに蠟燭《ろうそく》をおいた小さな仏壇がある。偽装用のものであろう。菊市さんの視線は左の方に向いている。その視線の方向に入口から入ってもすぐには眼に入らぬ浅黄色《あさぎいろ》の垂幕が二枚、垂れている。棚の上には餅《もち》と、神酒《みき》の白い徳利《とつくり》とが置かれている。菊市さんの皺《しわ》だらけな手が、その布をゆっくりとめくりはじめる。黄土色の掛軸の一部分が次第に見えてくる。「絵ですたい」うしろで次郎さんが溜息《ためいき》をついた。

キリストをだいた聖母の絵――。いや、それは乳飲み児をだいた農婦の絵だった。子供の着物は薄藍《うすあい》で、農婦の着物は黄土色で塗られ、稚拙な彩色と絵柄から見ても、それはここのかくれの誰かがずっと昔描いたことがよくわかる。農婦は胸をはだけ、乳房を出している。帯は前むすびにして、いかにものら着だという感じがする。この島のどこにもいる女たちの顔だ。赤ん坊に乳房をふくませながら、畠《はたけ》を耕したり網をつくろったりする母親の顔だった。私はさきほど頬かむりをとって助役さんに頭をさげていたあの母親の顔を急に思いだした。次郎さんは苦笑している。中村さんも顔だけは真面目《まじめ》を装《よそお》っていたが、心のなかでは笑っていたにちがいない。

にもかかわらず、私はその不器用な手で描かれた母親の顔からしげし、眼を離すことができなかった。彼等はこの母の絵にむかって、節くれだった手を合わせて、許しのオラショを祈ったのだ。彼等もまた、この私と同じ思いだったのかという感慨が胸にこみあげてきた。昔、宣教師たちは父なる神の教えを持って波濤《はとう》万里、この国にやって来たが、その父なる神の教えも、宣教師たちが追い払われ、教会が毀《こわ》されたあと、長い歳月の間に日本のかくれたちのなかでいつか身につかぬすべてのものを棄《す》てさり、もっとも日本の宗教の本質的なものである、母への思慕に変ってしまったのだ。私はその時、自分の母のことを考え、母はまた私のそばに灰色の翳のように立っていた。ヴァイオリンを弾いている姿でもなく、ロザリオをくっている姿でもなく、両手を前に合わせ、少し哀しげな眼をして私を見つめながら立っていた。

部落を出るとガスが割れて、はるかに黒い海が見えた。海は今日も風が吹き荒れているらしかった。昨日たずねた岩島はみえぬ。谷には霧がことさらふかい。からすが霧にうかぶ木々の影のどこかで鳴いている。「この涙の谷にて、われらがおとりなして、あわれみのおまなこを」私は先程、菊市さんが教えてくれたオラショを心のなかで呟いてみた。かくれたちが唱えつづけたそのオラショを呟いてみた。

「馬鹿《ばか》らしか。あげんなものば見せられて、先生さまも、がっかりされたとでしょ」

部落を出た時、次郎さんは、それがいかにも自分の責任のように幾度かわびた。助役さんは我々の前を途中で拾った木の枝を杖にして、黙って歩いていた。その背中が固い。彼が何を考えているのかはわからなかった。


(「新潮」昭和四十四年一月号)

小さな町にて

●雨期に入った。

日本ではこの季節を梅雨とよぶ。同じ雨期でも三年前に居たジャワでは毎日、豪雨が一米《メートル》先も見えぬほど烈《はげ》しく地面を叩《たた》いたあと、たちまちそれが嘘《うそ》のような青空になるのが常だったが、ここでは昼も夜も、絶えまなく霧雨が陰険に降りつづけている。一昨日《おととい》も昨日も、今日もその雨だ。明日も明後日《あさって》も、それはやまないだろう。雨の日、長崎はどうしてこう陰気なのだろう。家と家との間は狭く、狭い路に雨は流れて泥沼のようになり、汚臭がただよう。そのひくい家のなかで日本人たちはじっと閉じこもっている。道にも橋にも人影はない。

この小さな司祭館は二カ月前に出来たのだが、部屋はもう三十年も五十年も歳月が経《た》ったようだ。衣類も本も紙も湿気をふくんでやりきれぬ気持である。

昨年もこの季節、この湿気は夏になればなくなるのかと、与右衛門にたずねたことがある。与右衛門は奉行所の命令でこの司祭館で働いている従僕であるが、彼はその時、長崎の夏はひどく暑くるしいと答えた。その言葉通りこの長崎で昨年余は、あの湿気のこもった一夏をたっぷり味わった。特に、毛ほどの風もない黄昏《たそがれ》ほど耐えがたいものはなかった。

部屋のなかは暗く息苦しい。息苦しいのはどうやら部屋の隅にプチジャン神父が、先日、奉行所のニシ殿から頂戴《ちょうだい》した仏像がじっと余を見詰めているせいらしい。仏像の眼と唇のあたりに漂っている薄笑いが不愉快である。このような薄笑いは日本の仏像に独得なもので、我々基督《キリスト》教徒の聖像には決してないものだ。

長雨の日、居間にじっとしていると、この仏像がひどく気になる時がある。見まいとしても視線はおのずとそちらに行ってしまうのだが、彼は余を見て嘲《あざけ》っているような気がしてくる。仏像の薄笑いはまるで、我々がこの国に父なる神の真理を布教することが、無意味で、無駄で、最後には徒労に終るのだと言っているようである。

そんな気持が心に起るのは、余が弱気になっているせいかも知れぬ。この二年間、余とプチジャン神父とロカーニュ神父とがやったことはすべて失敗に終った。他の二人はともかく、余はほとんど絶望している。

日本に来る前、オランダ人たちから、日本にも基督教の信徒が残っていると我々は聞かされてきた。迫害と弾圧にもかかわらず、ごく僅《わず》かだが、かつての切支丹《きりしたん》たちの子孫が長崎の周辺にかくれていて、表面は仏教徒を装《よそお》ってはいるが、祖先から伝えられた教えをひそかに守っているという話を耳にしていた。そこでこの国に来ればすぐにもその信徒たちにめぐり会えると、我々は楽観していたのである。だが長崎に来て二年、彼等は一人として余たちの前に姿をあらわさなかったし、我々のひそかな呼びかけにも応じてこなかった。

どんなに、彼等を見つけるため、歩きまわったことか。そのためには、第一に奉行所の役人たちの目を晦《くら》まさねばならなかった。一八五八年の条約のおかげで日本の奉行所は我々が信仰生活をこの国で送る自由はやっと許したが、しかし教えを日本人に伝えることはきびしく禁じていたからである。

それでも我々は散歩の道を遠くのばして茂木《もぎ》や浦上《うらかみ》まで調べまわった。何かの用事にかこつけては馬小屋のような農家の軒先にも立ってみた。子供たちは我々を遠まきにし、大人は馬に水をくれたり、柿《かき》を恵んではくれたが、決して本心はみせない。ロカーニュ師は一計を案じ子供たちに菓子を与えて、その反応を見てまわった。もしやその菓子をたべる時、十字を切る者がいないかと考えたからである。プチジャンは胸に大きな十字架をつけて、それを見つめる者の眼に感動と敬意の色がうかばぬかと注意していた。時にはわざと馬から落ちて、助けてくれる者に信者ではないかとそっとたずねても見た。だが、気の毒にもプチジャンは二度目の落馬で腰をしたたか打ち、二日ほど寝こまねばならなかったほどである。

始めのうちはそうした失敗談も我々の夜の食卓をにぎわす笑い話だった。しかし、半年たち、一年すぎてもなお信徒の子孫について何の消息も聞えず、彼等から一度の連絡もないとなると、余は焦《あせ》りはじめた。その焦燥が落胆になり、落胆が絶望に変って、二年目の雨期をむなしく迎えたのである。

●雨。窓の向うに暗い長崎の町が沈んでいる。海も暗い。船も家も暗い。それらは頑《かたくな》な老人のように我々から眼をそらせ決して話しかけてこない。この、昼となく夜となく降りつづける雨のどこかに、もし信徒たちがひそかに存在しているなら、なぜ、語りかけてこないのだろう。部屋の隅で仏像は余を見つめ、唇に嘲るような薄笑いを浮べる。そしてお前のすることはこの国ではすべて無意味なのだとその微笑で言っているようである。

●夜の十時頃、ロカーニュが島原から戻ってきた。

彼は往復とも、口ノ津、加津佐《かづさ》、有馬《ありま》をまわって、信徒について何かの情報をえようとしたのだが無駄だったと言う。往時、これらの漁村は宣教師たちが上陸し、教会があり、日本人の基督教徒が数多く住みついた港町だが、二世紀たった今は昔日《せきじつ》を偲《しの》ばすものは一つもなく、わびしく小さな漁村に変り果てていたそうた。(フロイスがあの書簡で書いた花の教会の場所には今は古びた仏教の寺がたっていたとか）そして漁師たちはロカーニュを遠くから見るだけで、湯もくれず、話しかけてもこなかった。奉行所の役人、ニシの説明によると、ここの住人たちは、あの原城での戦いで全滅したあと、小豆島《しょうどしま》から移住させられた農民の子孫で、みな仏教徒だというから、たずねるだけでも無駄だったかもしれぬ。

要するに我々は楽観し、幻想を持ちすぎていたわけである。布教が許されぬこの国で、まず頼りになるのは、古い信徒たちの子孫であるという希望を作りあげていたのだ。もしそうでなければ、いかに監視されているとは言え、その子孫たちは何かの方法を使って、我々を励ましてくれた筈《はず》である。二世紀に渡る迫害は、わずかに残った教会の種を悉く《ことごと》踏みつぶしてしまったと考えるほうが確実だった。ロカーニュもプチジャンも余のこの気持を戒めたが、幻想に何時《いつ》までもすがりつくよりは現実を直視して、新しい方法を考えるべきだと余は思う。

●茂木まで、馬で出かけてみた。長崎から馬で半時間ほどの道のりで、途中、田子の山を越える。空は曇っていたが、雨はやんでいた。竹林がうつくしかった。茂木はその昔、イエズス会が支配した港で、その港から得る収入はすべて領主ではなく宣教師と教会のために使われることになっていたと聞いている。

だが今の茂木は、ロカーニュがたずねたロノ津、加津佐と同様に、小さなわびしい漁村にすぎず、人影のない湿った灰色の浜に、漁師の舟や木材が放りだされ、一握りほどの家には魚の臭《にお》いがしみこみ、中は暗い。その暗い家のなかで子供と老婆《ろうば》とが、余の動きをじっと見ている。いつもと同じように、日本人の子供たちは誰も余には話しかけぬし、余が近づくと怯《おび》えたように身をかくしてしまう。決して敵意は示さぬが、しかし、毛ほどの親しみをも示してくれない。大人たちの表情も一休、何を考えているのか、わからない。丘にのぼり、余は押しつぶされたような村とそれをとりまく、小さな森と、森のなかの寺とを見おろしたが、我々の探している信徒たちが、ここに住んでいるとはどうしても思えなかった。暗い海はその風景の向うに、まるで余を更に苦しめるように空虚に拡《ひろ》がっている。余は仏像の眼と唇とに漂っているあの薄笑いを思いだした。

●奉行所の命令で、今日、十五人ほどの人夫が、我々の建設する聖堂の敷地を作りに来た。この司祭館のすぐ上の雑木林に聖堂を作ることを、フューレ神父が仏蘭西《フランス》領事を通して、幾度も交渉したのだが、やっと許可がおりるまで一年かかった。許可を与えられた後でも、奉行所の方では、日本人がよく使う引き延ばし工作に出て、人夫や大工の手が空かぬと言い張った。プチジャンが強硬に先月、申入れをしなかったならば、そのまま素知らぬ顔をするつもりだったのであろう。

しかし今日は木を切る音が朝から響いてくる。監視の役人は我々が人夫と話するのを好まないが、我々は図面を見せねばならぬという口実で仕事場を歩きまわった。人夫たちが福田の方から来ていると知ったからである。あちらのほうは、皆、仏教徒かと聞いた。彼等はそうだと答えた。切支丹の子孫はいないかと訊《たず》ねた。途端に人夫たちの表情に警戒の色がうかび、うちとけ始めた空気が、また空々しいものに変った。拙《まず》い質問の仕方だったと思う。

●プチジャンは一計を案じて、人夫や大工が道具を入れる小屋に小さな十字架を置き忘れたふりをした。もし彼等のなかに信徒の子孫がいたならば、それをひそかに持ち去る者があるかも知れぬと考えたからである。ところが、今日魚のような顔をした監視の役人が司祭館の戸を叩き、例の十字架を差し出し、もしこのようなものを司祭館以外の場所に持ち出すなら作業は中止せねばならぬと、顔を真赤にして言った。プチジャンはとぼけ、この敷地内は一八五八年の条約で我々の信仰が全面的に認められたのだから、そのような抗議は筋ちがいだと答え、この魚のような顔をした役人を困らせていた。いずれにしろ、人夫のなかには、これで信徒のいない可能性はますます強くなった。

夕凪《ゆうなぎ》。海も町もただ死んだように動かぬ。耐えがたい湿気とこの暑さ。すさまじい蚊の群れ。

鎧戸《よろいど》をあけると、海の匂《にお》いと一緒に長崎港の騒音がなだれ込んでくる。ドックの音、自動車の音、それから坂を登ってくるバスのエンジンの音。バスはひっきりなしにこの大浦天主堂の前にとまり、次々と埃《ほこり》くさい詰襟やセーラー服を着た修学旅行の高校生たちを吐きだす。紫色の小旗を持ったバスガールがこの連中をつれて石段をのぼり、入場禁止の聖堂の前にたち、唄《うた》でも歌うような声で暗記した説明をはじめる。だが、聞いている生徒など一人もいない。皆、うしろで騒いでいる。

折角、ここまで来ても見物人は聖堂の中に入れてもらえぬ。三年前、そんな一団が、聖器盤をひっくりかえし、蠟燭台《ろうそくだい》をジャン・バルジャンのように失敬したためだそうだが、もっとも高校生たちには聖堂の右手に飾ってある小さな聖母像一つさえ、日本の基督教史にどんなに大きな意味をもっていたかもわからぬのだから無意味だ。

与えられた部屋はちょうど一世紀前にジラル神父が、あの「日記」を書いた部屋だそうで、私が鞄《かばん》の中から、他の本と一緒にそれをとり出すのを見ていたここの若い助祭の今井神父が、

「よく、手に入りましたね」

とほめてくれた。この本は長崎でもこの本は長崎図書館にしかないそうである。

「塗り変えや改築を、何度もやりましたからね、部屋の恰好《かっこう》は変ってますが、あの人はここに住まわれたと僕らは聞いています」

何か足りないものがあったら遠慮なく申し出てくれと私に言って、この若い神父は部屋を出ていった。

日記に書かれた一世紀前の長崎はジラル神父には暗い陰気な町にうつったらしいが、現実に今、窓の外にある港も海も家なみも活気のあるあかるい街である。長崎に来るのはこれで六度目だが、私はここが暗い街だと思ったことはない。

ジラル神父は、この町のことを本心を決して見せぬ老人に比較したが、それは二年の間、かくれ切支丹を探し歩いて、どうしても発見できなかった彼の焦りのせいだろう。だから日記の頁《ページ》をくって、一八六五年の三月十七日、遂《つい》に神父たちの前に、かくれの一団が姿をあらわした有名な信徒発見の日以後は、文章の調子も希望にみち、時にはユーモアさえ、ふりまかれている。

あれは一八六五年の三月十七日の昼すぎで、その時、プチジャン神父は、出来上ったばかりの聖堂のなかで祈っていた。外では見物人たちの話声がきこえた。長崎の市民たちは竣工《しゅんこう》したこの聖堂を「ふらんす寺」と呼んで毎日見物に来ていたのである。

監視の役人が幸いいなかったから神父が門をひらいて手招きすると、その二十人ほどがそっと聖堂のなかに入ってきた。彼等はおずおずと奉行所から禁じられた内部を見てまわっていたが跪《ひざまず》いているプチジャン神父に中年の農婦が急に近よりり早口で、

「どこ、サンタ・マリアは」と言った。

聖像はジラル神父が仏蘭西から持ってきたもので、正面右側の祭壇におかれていた。「可愛《かわい》か」農婦は指さされた像に眼をやって小声で叫んだ。「可愛か」それから声をひそめ「ここにおります者はみな同じ心でござります」

プチジャン神父もジラル神父もこの農婦の言葉をそのまま、ローマ字で書きとっている。二年間の努力が、ようやく酬《むく》いられた一瞬をありのまま、日記のなかで記録しておきたかったのである。

「その夜は、部屋の仏像も苦にならなかった。嘲るようなあの薄笑いにむかって、余は遂に我々が勝ったではないかと言いきかせてやった。気のせいか、その仏像の顔から笑いが消え、落胆した表情に変ったようである」

その箇所は悦《よろこ》んだジラル神父が珍しく、ユーモアのある気持で筆を走らせたにちがいない。勝ちほこった顔が目に見えるようである。だが私のような男は、この箇所を読むと、突然、漠然とした不安を感じる。暗がりのなかの仏像の薄笑いが、もっとは

っきり眼にうかぶのは他の頁よりも、むしろ、ここである。

「あの仏像は、まだ、ここにありますか」

他の神父たちもいるので少し固くるしかった食事のあと、廊下に出て今井神父にたずねると、それは図書室に置いてあると教えてくれた。彼につれられて埃の匂いのまじった小さな図書室に入った。大きな机が二つおいてあって、三方の書棚の中には、基督教関係の出版社でいつでも買えるような本や雑誌がすぐ眼についた。仏像はその書棚の上に無造作におかれていた。おそらく、ここに来る人には、何の価値もない装飾品としかうつらないだろう。

一米《メートル》半ほどの高さの観音像である。仏像のことは詳しくない私にも蓮《はす》の花を執った左手を胸の前にあげ、右手でその葩《はなびら》にふれようとした姿から、観音だということが、どうやら想像がつく。

下からこの観音像を仰ぎみると、それはたしかに微笑《ほほえ》んでいるように思えたが、その微笑みはジラル神父が書いているように、人間を嘲笑《ちようしよう》する薄笑いにはどうしても思われない。私には毎日の労働に耐えながら寂しそうに微笑んでいるこのあたりの農婦の顔を思い起させる。むかし、写真に見た法隆寺の夢違《ゆめちがい》観音像の表情が、記憶の底から浮んできたが、もちろん、あのような高貴なものではなく、素朴な手で作られた田舎くさい表情をしているのだが、決してそれは、人間を嘲《あざけ》っている薄笑いではなかった。

「いつから、この図書室においてあるんです」

「さあ、僕がここに来た時から、ありましたよ。司祭館に仏像をおくのはおかしいから倉庫にしまおうなどという話もあったんです」

今井神父は特にこの仏像に興味を示さなかった。

西洋人の神父には不気味な表情にみえるこの観音の顔が、日本人の私には別のものにうつる理由を考えた。この二、三年、私には日本における基督教についての考えが、次第に西洋人の神父たちのそれと違いはじめてきたが、そのせいかもしれぬ。

●長崎の日本人たちはこの聖堂を「ふらんす寺」とよび、毎日、二十人ほど見物人がやってくる。もちろん、役人が監視している間は外側で温和《おとな》しくしているが、役人が姿を消すと眼をかすめて中まで覗《のぞ》きにくる勇ましい者もある。たとえ中に入ってこなくても、外の見物人のなかから、信徒を見つけることは、もうそれほどむつかしくない。信徒たちは我々を見ると、そっと右手を胸にあてる約束になっているからだ。

固い氷に、一つ穴があけば、そこから春の水がほとばしる。それとそっくりに連日、悦ばしい事が次々と起る。今日、役人の眼をかすめて、余は信徒の男二人とひそかに打合せをした。余もプチジャンも彼等の信仰生活について訊ねたいことが山ほどある。明日、金比羅《こんぴら》山で午後二時に、ひそかにその代表者と落ち合うことに決めた。

彼等は教会も司祭もなくて、どのように洗礼を処理してきたのだろうか。基督教の重要な教義をどれほど記憶しているのだろうか。その祈り《オラシヨ》は教会がきめた正確な祈りだろうか。

もし彼等が間ちがっていたならば、我々は再び洗礼を施し、本当の教会に戻してやる必要がある。
●木曜日。梅雨の間はあれほど呪《のろ》わしかった雨が降っていたが、余は今日ばかりは感謝した。その雨のために役人は隣の日観寺に閉じこもって、出てこないからである。プチジャン神父と裏道を通り、町を大きく迂回《うかい》した。山道は泥で歩きづらく、彼も余も幾度か滑ったが、ともかくも約束の時間に、金比羅山にたどりついた。
雨のなかに、怯《おび》えたような人影が一人うろうろとしていた。それは信徒の代表の徳蔵だった。

杉の大木の下で、雨を避けながら、その信仰生活を次々と聞いた。徳蔵は五十歳。片方の眼がつぶれている。その日本語は聞きとりにくい。しかし、色々なことを知ることができた。第一は洗礼の仕方――これは村に子供が生れると、水方とよぶ洗礼役が赤ん坊に水を注ぎつつ、祈りを唱え、霊名を与える。

第二に信仰生活の守り方――これも、爺役という役職の者が、暦をくって、復活祭や四旬節をきめ、その指図にしたがって、皆は集まることにしている。余もプチジャンも、長い迫害の間に、彼等がひそかに父祖伝来の教えを守りぬいたこの智慧《ちえ》と勇気とには感心した。

感心はしたが、その信仰には教会のものとは甚《はなは》だしく離れた部分も多かった。徳蔵が唱えた祈りも、用語の上で誤りが幾つかある。教義を問うてみても、知らぬことが多い。のみならずそこには基督教とは全く関係のない事柄も混じっている。教会という根を奪われ、教義を伝えるべき司祭もおらぬ彼等の信仰のなかに土俗的な迷信や、仏教のような邪教の言葉が入りこんでいることもこれでわかった。我々はこれから、彼等にあらためて正統な信仰を教え、その間違いを直した上で再洗礼を授けねばなるまい。

だが徳蔵はもっと悦ばしい知らせを与えてくれた。信徒たちはここ浦上だけにいるのではない。浦上から四里ほど離れた海よりの暗崎もまた全員、切支丹だと言うのだ。プチジャンと相談した結果、彼は浦上を引きうけ、余は暗崎を引き受けることにした。

●浦上の信徒たちが、サンタ・マリアをどれほど深く崇《あが》めているかは、聖堂にそっとたずねてくる彼等が最初に言う言葉でわかる。

「サンタ・マリアの御像は、何処《どこ》にてござりますか」

そして、余が仏蘭西から持参した聖母像の前に立って、長い間、離れようとせぬ。むしろ我々のほうが、見廻りにくる役人を怖《おそ》れて、そこから早く立ち去るよう促さねばならぬ時さえある。彼等はいつの間にかこの聖母像を「善かサンタ・マリア」と勝手に呼んでいるのだ。

今日、役人の一人が突然、聖堂にあらわれ、信徒に気づくと荒々しく追い出した。日本人たちはこのような時、全く表面は従順にその命令に従う。腰をかがめ、役人に挨拶《あいさつ》をして一人一人、聖堂を出ていったが、三時間後、余がふたたび、聖堂に来てみると、追い出された男のうち二人が、また聖母像の前でじっとそれを見つめていた。その眼はひどく哀《かな》しそうであった。

プチジャン神父と、信徒たちの洗礼の祈りを調べた結果、なかに、かなり重要な過《あやま》ちを発見した。彼等は祖父から長年、教えられたままに「パチオゾ、イン、ノメン・パテロ、ヒリオ、エストラ、スピリツ、サント、ノメン、ヤームン」と唱える。つまり重大なエゴ（我）の一語を落している。したがって、厳しく考えれば、彼等が受けた洗礼はこの祈りでは無効となる。

けれども、それを彼等に知らせるにはあまりに忍びない。あれほどの辛《つら》さのなかで自分たちの行った洗礼が、効力がなかったと知らされれば、どれほど歎《なげ》き悲しむだろうか。プチジャン神父は、日本語では主語を略す習慣があるのに気づき、見のがしたいとさえ言った。

●徳蔵の力で、ふたたび金比羅山で暗崎村の信徒と会う。ガスパル与作という漁師で、彼はどもりのために徳蔵よりも、もっと聞きとりにくい日本語をしゃべる。暗崎は、浦上よりもっと貧しいらしく、この男ののら着から出た足はひどく瘦《や》せて細かった。

唱えられてるオラショも「天に在《まし》ます」「ガラサ」「ケレド」「科《とが》のオラショ」「憐《あわ》れみのお母」「コンチリサン」の六つだけで、その他は全く知らない。話をしていると、祖父や父から聞き伝えた聖書の物語を得意気に誦《しょう》しはじめたが余もプチジャンも仰天してしまった。何と、彼等は教会の全く知らぬ話まで勝手に挿入し、それを語り伝えてきていたのだ。与作は旧約の「ノアの方舟《はこぶね》」らしい話を暗誦してみせたがそれは、次のように変っていた。（余はそれを与作の語るままにローマ字にて写しておく）

「段々、人多くなるにしたがい、皆盗みを習い、慾《よく》を離れず、悪に傾く。でうす、これを憐れみ給《たま》い、パッパ丸という帝王にお告げぞ有りけり。獅《し》子《し》島《じま》の目の色、赤くなる時は、津波にて世は滅亡のお告げ被《こうむ》り、帝王は日毎《ひごと》に寺へ参る。しかるに帝王の獅子島を拝むことを、手習いの子とも集まりて、いかがにして獅子島ば拝まるると言えば、脇《わき》の方の子供きいて、獅子の目の赤色になる時はこの世界は波にて滅亡する。傍の子供聞いて笑いて言うようは、さても可笑《おか》しき事、塗りたらすぐに赤くなるが、万里もある島の滅亡は思いもよらぬと塗りけり。パッパ丸帝王は、はっと驚き、かねて用意のくり船に六人の子供のせ、一人は足弱きゆえ、残念ながら残しておく。かかる間に、大波、天地を驚かし、片時の間に一面の大海にぞなりける」

我々はともかく、旧新両聖書を出来るだけ早く日本語で訳す必要がある。でなければ、このような荒唐無稽《こうとうむけい》の物語を今後もこの無智な連中たちは子に伝え、孫に教えていくだろう。しかし、なすこと、すべて空《むな》しかった昨年にくらべれば、我々には、今、次々と希望があることを主に心から感謝せねばならぬ。余の仕事を嘲るように笑っていた仏像は、部屋から食堂の装飾品となって一同の冗談の種になっている。

講演会は三時から始まるので、昼食後、今井神父が車で浦上と福田に案内してくれた。

今の浦上にかくれ時代の雰囲気を求めるのは始めから間違っている。暗い深海の魚のように人々の眼を避けてひっそりと住み、禁じられた教えを捨てなかった部落はどこにもなく、その代り、東京の郊外そっくりの、洗濯物を干したアパートや同じような形をした建売住宅が並び、それらの家からラジオの流行歌が聞えてくる。プチジャン神父が、真夜中、信徒たちとミサを挙げた秘密の納屋《なや》もなければ、彼等がかくれた黒い森も、祖先が水責めにあった冷たい浦上川も、見つけることができない。

「ここはもう土の臭《にお》いはしませんねえ」

幾分の恨みをこめて私は溜息《ためいき》をついたが、この恨みは若い神父には通ぜず、

「そうですよ。何しろ長崎で今、一番、発展しているところですからねえ。地価も、三万円だそうです」

ジラル神父が「ゴルゴタの道」と名づけた街道はアスファルト道路になり、トラックや車が走りまわっている。そのアスファルト道路の何処かに、昔の名残りを残しているものを探したが、一つの記念碑のほか長いかくれ切支丹たちの悲哀を甦《よみがえ》らせる樹《き》一本もなく、彼等の暗い毎日を思い起させる農家もなかった。

浦上のあと、海の方に出て福田に向った。本当はジラル神父の日記に出てくる暗崎に行きたかったが、講演まで時間がない。切支丹時代にはポルトガルの船が宣教師たちを乗せて訪れ、多くの信徒が住みついたこの福田も、今は、海水浴場と工場とがあ

るだけで、工場から流す油の浮いた波が鈍い音をたてて岸壁を洗っている。向うに小さな島がみえ、

「あの島は」とたずねると、今井神父は、

「獅子島です。獅子みたいに見えるでしょう」

あれが、かくれ切支丹たちの語り伝えた話に出てくる獅子島かと私は嬉《うれ》しかった。ジラル神父が荒唐無稽の物語と非難した挿話はおそらくノアの方舟の話に漁師たちの伝説をつけ加えたものだろう。しかしそのほうが、遠い見知らぬ国の話よりは、この土地に住むかくれたちには、身近な、実感と親しみとがあったにちがいなかったのだ。

三時少し前に講演会場のNホテルに行くと胸に白い造花をつけた信者たちが迎えに出てくれて、ホールは満員だと教えてくれた。私の前に、九州大学の先生がしゃべり、そのあと、私が壇上にたった。

講演は幾度やっても苦手で、特に今日のように信者たちが主体になっている会でしゃべるのは気が重い。誤解されぬかとか、教義に抵触しないかという不安が、話している途中でも、時々、口ごもらせる。聴衆のなかに、ローマン・カラーをつけた神父や神学生や修道女たちが並んでいるのを見つけると、それだけでも、私はためらう。日本人の宗教心理というテーマで、この二、三年、自分がひそかに考えていること

を、額に汗をかきながら説明しはじめた。もし、宗教を大きく、父の宗教と母の宗教とにわけて考えると、日本の風土には母の宗教――つまり、裁き、罰する宗教ではなく、許す宗教しか、育たない傾向がある。多くの日本人は基督教の神をきびしい秩序の中心であり、父のように裁き、罰し怒る超越者だと考えている。だから、超越者に母のイメージを好んで与えてきた日本人には、基督教は、ただ、厳格で近寄り難いものとしか見えなかったのではないかというのを私は序論にした。だが、その序論を語った時、前列でノートをとっていた修道女が、急に、万年筆を走らすのをやめ、真中にいた外人神父が隣の同僚に何か耳うちするのに気がつくと、私はもう狼狽《うろた》えだしていた。彼等は私の話が教義に抵触するので不満をもちはじめたのかもしれぬ。しゃべり終った時は、ひどく疲れを感じた。質問はなく、むしろその方が私を安心させた。

講演のあと、別室で、有志だけでティ・パーティがあった。黒い服を着た聖職者やこの街の信者代表や眼鏡をかけた修道女が部屋のあちこちに集まっていた。その服装を見ただけで当惑と、ここから早く逃げだしたい気持にかられる。私はそれでも微笑をうかべながら眼鏡をかけた日本人修道女と紅茶を飲み、あまりうまくもないサンドイッチをたべた。こういう感情は昔からあったのだが、この四、五年、それはますます私のなかで強くなっている。そのくせ、私はみんなの笑いに無理に笑顔をつくっている。

「あなたの話は興味あったですけどねえ」

一人の血色のいい、体の大きな外人神父が私に礼儀ただしく挨拶をして、

「しかし、あなたの考えは基督教的というよりは、浄土宗的ですよ」

周りの人たちはその流暢《りゅうちょう》な日本語を冗談と受けとって声をたてて笑ったが、私は傷つけられ哀しかった。これと同じ皮肉や非難の言葉を東京で数多くの聖職者たちから私はきかされた。彼はそれを知っていて、口にしたのかもしれない。

「でも、外国で育った宗教が日本のような風土のなかに根づくには……」

反駁《はんばく》しようとしたが、あとがうまく続かぬ私に、

「基督教は我々にとって」司祭はパイプを口にくわえたまま少しきびしい表情で「宗教じゃありませんよ。国や民族を超えた真理ですよ」

そう言われれば、こちらは言いかえす言葉がなかった。子供の時、洗礼をうけた私にはやはり、司祭の黒い服やローマン・カラーには無言の圧力を感じる。

「いい話でしたよ。みんな悦《よろこ》んでいましたよ」

帰りの車のなかで、坂道をのぼりながら今井神父は私を慰めた。坂の上からは湾内

の灯をつけた船が見えた。しかし、その慰めが私を憂鬱《ゆううつ》にさせる。教会に泊るべきではなかったと、そろそろ後悔しはじめていた。もし旅館にでも宿泊していたら、今夜、私は酒でも飲みに出かけたにちがいない。

「その服装で長崎の街を歩いて、日本人としての違和感はありませんか」

神父は、車を巧みに運転しながら私の皮肉に気づかず愉快そうに笑った。

「長崎ではみんな見なれていますからねえ。ふりむきもしませんよ、修道女なんか、かえって幼稚園の子供に悦ばれるくらいです」

「どうしてです」

「修道女の服は忍者の衣裳《いしょう》に似ているでしょう。だから忍者だ、忍者だと、子供たちは集まってくるんですよ」
●暗崎は戸数百戸。五百人ほどの住民である。前は岩の多い暗い海で背後は三百米《メートル》ほどの山。大部分は漁師だが、同時に狭隘《きょうあい》な土地を耕し、貧しさは、浦上より更にひどい。徳蔵の姉がこの友吉とよぶ漁師に嫁いでいるため、この友吉と与作を余の助手として、連日、布教に努める。
役人に気どられぬよう暗崎に向うのは深夜である。日観寺に詰めている役人も従僕の与右衛門も、大体七時頃、引きあげるので、プチジャンと余とは、真夜中、司祭館を出て、途中で彼は浦上に、余は暗崎にと別れる。金比羅山にて友吉か与作が余を待ち迎え、そして二里の山道をおりる。村はずれには万一に備えて見張りをたて、信徒たちは、五十人ほど納屋に集まってくる。

油燈で照らしだされたその顔が主人を仰ぐ犬のように余をじっと見る。男も女も襤《ぼ》褸《ろ》に等しい衣服でわずかに身をかくし、小さな子供たちはほとんど裸で、老人、老婆《ろうば》には傴僂《せむし》が多い。長い間の過重な労働のためである。余は子供たちに皮膚病の多いのに気づき、仏蘭西領事よりもらった薬を与えたが、親たちは涙を流しながら悦んだ。

彼等はほとんど笑わない。苦しい生活が笑うことを奪ってしまったかのようである。食い入るように余の日本語に聞き耳をたてている。余は彼等のことを思う時、奇妙な話だが燃えた蠟燭《ろうそく》を考える。溶けて醜い形をしながら、しかもその小さな火をゆらめかせている蠟燭のような気がする。友吉の説明によればこの暗崎村には昔から、いつの日か、聖母マリアの旗をたてた船に乗って、宣教師が再びやって来るという言い伝えがあり、それを彼等は祖先代々、固く信じ、それを頼りに生きてきたと言うのである。余はその話に言いようのないほど感動した。

●横浜の管区長からの手紙で、やはり、浦上及び暗崎の信徒たちが従来行っていた洗礼式は無効と決定した。彼等を失望させるのはプチジャンにも余にも耐えがたかったが、意を決して、それを今夜、皆に話した。彼等の悲しみと騒ぎを見るに忍びなかった。「ならば、死んだ爺《じい》さまは地獄《インフェルノ》に陥るとでございまするか」と友吉も必死で余にたずねる。祖先を慕うことの強い彼等は自分たちの祖父母や父母が、無効の洗礼で天国《ハライソ》に行けなかったのではないかと不安がり騒いでいるのだ。余は彼等をなだめ、彼等があらためて洗礼を受け、祖先のために祈れば決してそのようなことはないと安心させ、友吉と与作とに、重要な祈りと洗礼の仕方とを教えて、一同にもふたたび、教会の基督教に戻ることを勧めた。

●友吉、夕方、聖堂に来《きた》り、再改宗の洗礼を受けた者、今日まで百十人で、部落の大部分もそれを望んでいると言う。だが、その悦ばしい報告のあと、少し当惑した表情で彼は口ごもった。四人の者が、余の来訪を悦ばず、部落民がまことの基督教に戻ることに反対していると言うのである。

少し意外であった。プチジャンの赴く浦上の部落では一人として再改宗を拒む者はなく、全員、悉《ことごと》く、教会による洗礼を心から願っていると聞いたからである。

余に好意を持たぬ者は太郎八、助右衛門、万蔵、仙造の四人で、特に爺役をやっていた万蔵が、最も強硬に、仲間が余の話をきき、余の教えた教会の祈りを唱え、再洗礼を受けることを、非難していると言う。この四人は今日まで、水方（洗礼を授ける役）、お張役（暦をあずかる役）、爺役（司祭の代りをする役）などの、重要な役を代々勤め、部落民にとって、いわば聖職者の代りを勤めてきた者たちであるから、その地位を余に奪われることを怖れているかもしれぬ。友吉に聞きただすと、事実、彼等は、洗礼を授ける権限のない与作までが余の助手を勤めていることを怒っているという。

友吉が戻ったあと、余はプチジャンとロカーニュに以上の件を相談すると二神父は、この四人に逆らわず、むしろ彼等を悦ばすほうが上策ではないかと言った。即《すなわ》ち、今まで水方やお張役であったこの連中に、その権限を奪わずにそれぞれ役目を続けさせ、その虚栄心を充《み》たしてやればよいと言うのだ。なるほど、これはこの際、賢明な解決策であろう。

●日観寺に詰めている例の魚のような顔をした役人が来て、このところ、聖堂の内部と司祭館に日本人の姿を見ることが多いが、今後はもし禁を犯したものがあれば容赦なく罰するであろうと通告した。プチジャンが笑いながら葡萄酒《ぶどうしゅ》をすすめたところ、その二名の役人は始めは手を出さなかったが、やがて飲みはじめ、顔を赤くして上司の不平を呟《つぶや》き、我々の国について儀礼的な質問をしたのは滑稽《こっけい》であった。

●暗崎にて太郎八、助右衛門に会う。余は自分には世俗的野心の全くないことを説明し、この部落が、かつて彼等の祖先がそうであったように、ふたたび教会の大いなる翼の下に帰ることとしか余は願わぬと言ってやった。そして水方やお張役、その他の役は、従来通りこの四人に続けてほしいと頼んだところ、意外に簡単に二人は余に力を貸すことを約束した。やはり彼等の感情は、余が想像していた通り嫉妬《しっと》によるものであった。

●部落民の最も好む祈りは、聖母にたいする「ガラサ」であり、主の母にたいする愛着は驚くべきものがある。

●今日、感動すべき小事件があった。余の話が終った後、二人の老婆が与作に伴われ、余に恥ずかしげに紙を渡し、闇《やみ》のなかに逃げるように姿を消した。紙を開いてみると中に十六文入っていて、与作の説明によると、この二人の老婆は、死んだ祖先のためこの十六文で祈ってほしいとのことだった。余は固く約束し、金を返そうとしたが、与作は哀《かな》しそうに首をふって受けとらなかった。

●太郎八、助右衛門についで仙造も余の申し出に応じたが、万蔵は、いかなる説得にも耳を貸さぬそうである。彼は余のことを「あれは、まことのパーデレではなか」と部落中に言いまわっていると言う。その理由は、余の服装が、祖先代々、語り伝えてきた昔の宣教師とあまりに違うからだと言う。まことのパーデレは、縁のひろい帽子をかぶり、髪の真中を丸く剃《そ》っていると、聞き伝えてきたのに、帽子もかぶらず、髪ものばし、昔より教えられた祈り《オラショ》とはちがう祈りをひろめる余は偽物《にせもの》だと、万蔵は滑稽にも主張するのである。

この哀れな年寄りを説得するため、友吉につれられて余は部落のはずれにあるその家を訪問したが、戸を固く閉じて出てこない。声をかけても答えない。半時間、むなしく戸を叩《たた》いた後、諦《あきら》めて引きあげる。

●余は、今日、納屋《なや》での説教中、次のことを皆に命じた。

一、今後は、余の教えた以外の聖書物語を信じぬこと

二、治療、病よけなどのために木の十字架を焼いて飲まぬこと

三、教会の認めたる聖人以外を聖人と思わぬこと

と言うのは、彼等の言い伝えた聖書の話には、いつぞやの「ノアの方舟《はこぶね》物語」のように荒唐無稽のこの地方の話がいくつも織りこまれていることが次々とわかり、余を仰天させたからである。また彼等は邪教徒の迷信のように、病人などが出れば、十字架の形に作った木を灰にしてそれを飲ませ、あるいは、自分たちの祖先を勝手に聖人と見なして救いの取りつぎを祈っているからである。教会の根から離れた長い歳月、この部落の信仰には迷信や神道《しんとう》や仏教が知らぬうちに混じたのは無理もなく、それを

一挙に矯正することは彼等を徒《いたず》らに不安にさせると思っていたのだが、もはや万蔵を除いた部落民が再洗礼を望んでいる現在、余は多少の混乱はあっても正道に戻らすべきだと思う。

●納屋で三十人の告解を聞いた後、友吉、太郎八、仙造の三人につれられて、ふたたび万蔵の家に説得に赴く。月あかるく、村をつらぬく街道は川のように光り、両側に押しつぶされたような農家が並んでいる。牛糞《ぎゅうふん》の臭《にお》いがする。この憐《あわ》れな貧しい部落が波濤《はとう》万里、この国にやってきた余に与えられた最初の教区であると考えて、感慨無量だった。

万蔵の家は部落から少し離れた場所にあり、この時刻、もちろん灯をもっていない。友吉の話によれば万蔵は自分の家族にも、余の話を聞くことを禁じているそうである。表戸を叩いたが返事はなく、友吉、太郎八が裏にまわり、牛小屋から声をあげて、

「爺さま、いつまでも強情はらずと話ばするだけ、したらどうじゃ」

と呼びかけたが、戸を閉じたまま、家中、寝たふりをしている。余は表にたって、先日、太郎八、助右衛門に言いきかせた言葉をそのまま繰りかえすと、やがて家の中より、

「お前さまは、まことのパーデレではなか。お前さまの祈《オラショ》りはまことのオラショではなか」

と罵《ののし》る声がしたあとは、いかなる説得にも答えようとしなかった。遂《つい》に余はこの強情な年寄りは当分、見捨てることにして、友吉に金比羅山まで送られて、黎明《しののめ》、長崎に戻った。

今日もこの大浦天主堂の前には、絶え間なくバスとタクシーが集まり、新婚旅行らしい男女が、白い天主堂を背景にあちこちで写真をとり、修学旅行の女子高校生が、向い側の土産物屋で絵葉書を漁《あさ》っている。だが夕暮になるとその騒ぐ声やエンジンの音が消える。あたりが静寂に包まれる。

どの教会よりもこの天主堂が私は一番好きだ。東京の偽ゴチックや偽ロマネスク風の教会には私を反撥《はんぱつ》させる嘘《うそ》の雰囲気があるが、夕暮、静まりかえったこの聖堂の椅《い》子《す》にじっと腰かけていると、心は少しずつ素直になってくる。この聖堂だけは、日本人の職人が、ただプチジャン神父の見せた絵と図面を頼りに、自分の手と智慧《ちえ》で思案しながら作りあげた素朴さと正直さとがある。

浦上のかくれ切支丹たちがそのそばから動こうとしなかったあの聖母像は、夕方の光に照らされて正面の右手にある小さな祭壇にのせられている。幼い基督をだいてこちらを見おろしているこの像は、当時、日本では珍しかっただろう。しかし今では東京のどこの教会の売店にも売られているものだ。

夕暮、次第に暗くなりはじめた聖堂のなかで、私の耳に、

「サンタ・マリアの御像はどこにてござりますか」腰をかがめそっとジラル神父にたずね、おずおずとその下にかがみこんだかくれの男たちの声が聞えてくる。

昨日の講演会のあと、話しかけた外人司祭の大きな、自信ありげな顔がまだ心に残っていた。彼が冗談めかして言った非難も忘れてはいなかった。そしてそれと同じ非難は東京で幾度となく、外国の宣教師たちから私は受けたものだった。私が書いた小説は、所属する教会の日曜日の説教で、信者が読んではならぬ本の一つにあげられた事もあったが、あの日私はひどく憂鬱だった。

「しかし、なぜ」

と、無駄とは思いながらも暗い聖堂のなかでまるでそれが祈りの代りでもあるように呟いてみる。昨日講演会のあとのパーティで会ったあの自信ありげな、血色のいい外人司祭の顔が、百年前のジラル神父の顔に重なる。ジラル神父も今の日本に来ていたならば、自分の考えにあくまでも確信をもち、大きなパイプを口にくわえ、室内を

大股《おおまた》で歩きまわっていただろう。

「しかしなぜ、かくれたちは、ここに足を入れた時、マリアの像だけを探したのですか」

サンタ・マリアの御像は何処《どこ》という、かくれたちの最初の有名な言葉は、この天主堂で手渡すパンフレットにも書いてある。向い側の土産物店で売っている絵葉書や栞《しおり》にも印刷されてある。修学旅行の高校生たちの前でガイドを兼ねたバスガールが、唄《うた》でも聞かせるようにこの聖堂の由来を説明する時にも忘れずに織りこむ話である。そしてジラル神父はそのかくれたちの言葉にひそむ深い秘密を考えようとはしなかった。なぜ彼等はデウスや基督の像ではなく、サンタ・マリアの像しか探さなかったのか。おそらく、あのパイプを口にくわえた外人司祭も、この秘密を気にもしないだろう。

暗くなった聖堂を出ると、石段の下に立っていた今井神父が私に手をあげ、

「電話かけておきましたよ。飛行機の切符はとれたそうです」

私は彼に、少し散歩をしないかと誘うと、

「いいですよ。ちょうど僕も暇な時間ですから」

大きな楠《くすのき》と古い木造の洋館がこの石畳の坂道の静かさを一層ふかめている。このあたりだけが今の長崎で明治初期の面影を残しているようだ。まだ一組の新婚夫婦がそ

んな楠の下で、たがいに写真をとりあっていたが、

「僕がシャッターを押してあげましょうか」

　今井神父は、気さくに、その夫婦に声をかけた。夫のほうと神父とは、ほとんど同じ年齢にみえた。

「おねがいします」

　若い夫はカメラをわたし、細君の肩に手をかけてポーズを作った。私は、この夫も悪びれず親切をしてやれる今井神父も羨《うらや》ましかった。神学校時代、フットボールが強かったと、昨日、自慢していた彼のアルバムが心にうかんだ。そのアルバムには、外人神父たちと陽気に肩をくんでボールを前においている彼の二世のような顔がうつっていた。

「この先に、十六番館という陳列館があったでしょう」

　そばに戻ってきた彼に話しかけると、

「つまらないですよ。五十円も入場料をとって、昔の外国人のベッドや家具をみせるだけですから」

「しかし、あそこに足指の痕《あと》がかすかに残った踏絵がありましたよ」

「そうですか」神父は別に関心もなさそうに答えた。

「気がつかなかったなあ」

まぶたの裏に、幾度も見たその踏絵が、ゆっくりと浮んだ。ピエタの銅板をはめこんだ木の枠の一部が、かすかに黒ずんでいる。長い間にそれを踏んだ者たちのよごれた足の痕があそこに残ったのだ。

「大浦天主堂にきたかくれたちは毎年一度は、踏絵を踏まされたのを知ってますか」

神父はもちろん知らなかった。

「あの連中は長い長い間、自分の本心をみせず、外には嘘をついて生きてきたんですよ。そんな連中には、出来の悪い子さえ許してくれるようなお袋がほしかったんでしょう。彼等はだから母親をもとめたんですよ。マリア観音だけが彼等の支えだったんです」

「昨日のお話と同じ理屈ですね」

今井神父はうなずいてくれたが、それが私にたいする礼儀上から答えてくれたのはよくわかっていた。

「いや、私が言いたいのは、日本人はどの宗教にも母親の姿を求めるのです」

今井神父は黙っていた。理屈っぽい話は彼は苦手らしかった。信じたことを行動で出すほうが自分の生き方だと彼は説明した。

●今後、彼等に「神寄せの祈り《オラシヨ》」を唱えたり、主の御名《みな》を使って呪《まじな》いをする悪習を厳しくやめるように命じた。先日からプチジャンも余も、再洗礼を受けた者までが、教会の認知しない祖先伝来の、迷信的なオラショを相変らず唱えているのを知ったからである。それは偶々《たまたま》、仙造にオラショを言わせたところ、主や聖母の御名のあとに惣《そう》平衛《べえ》だの五郎作だのという祖先やオトヒメなる名を並べているのに仰天して問いただしてみた。すると仙造は乙姫とは海に住む漁師を守る美しい女だと答えた。その時の余の落胆は筆舌につくしがたかった。

「お願い奉る《たてまつ》。天地御進退なされましたるゼスス・キリスト様。御母サンタ・マリア様。一本杉の惣平衛様。大石の五郎作様、安頭山の奥の院様、我々の御先祖様、竜宮の乙姫さまに頼み奉る」

仙造はそれを嗄《しわが》れた声で歌いあげるように唱え、この祈りを暗崎の信徒たちは、「朝は拝みたて、晩は御礼と、ごっとり唱えおりまする」と得意そうに答えるので、余はあわてて、それがまことの祈りでないことを教えたが、仙造は非常に情けなさそうな顔をした。

呪いも意外と信徒たちによく行われている。余が禁止した木の十字架を焼いたものを病人に飲ませる習慣のほか、縄で作った鞭《むち》で、家を叩き、悪魔を追い払う習慣などもやめさせねばならぬ。
●彼等は好んで聖母の話を聞く。多くの迷信や呪いにもかかわらず部落民に今日まで基督の教えを守りつづけさせたのは、聖母にたいする素朴な愛情のためである。余が、十字架にかかられた御子を苦しみに耐えながら見た聖母の話をすると、老人、娘たちは泣きはじめ、また聖母の祈りによって罪ゆるされた多くの者について語るとまた泣きながら耳かたむけている。
●万蔵は部落民の誰からも相手にされぬ。余にたいする彼の罵言《ばげん》も、女子供に至るまで「仕方なか爺《じい》さまじゃ」と笑って聞こうとしない。憐れなこの年寄りは、滑稽にも、昔の権威をすべて失ってしまったのである。
　友吉の話によると、万蔵の孫娘は友吉に自分も皆と同じく再洗礼を受けたいのだが、許してもらえぬのが辛《つら》いと語ったそうである。余は娘たちに、一日も早く「爺さまとその家族」が教会の大いなる翼の下に戻るよう祈ることをすすめた。
●プチジャンの話によれば先日より浦上に見知らぬ男が徘徊《はいかい》しているとのことである。信徒たちはおそらく奉行所の役人ではないかと大いに不安を感じ、集まりを当分、行わず、プチジャンも今夜からは、部落を訪問せず、彼等が聖堂に来ることも禁じたという。しかし、日観寺の役人には特に変った動きはない。

●今日、思いがけず万蔵に出会った。想像していた以上の年寄りで、足も悪いらしく木の杖《つえ》をついていた。（あとで友吉に聞くとその杖は、爺役の権威を示す杖で部落では万蔵のみが持つ権利があるという）道のかたわらから余を睨《にら》み、口のなかでぶつぶつ罵言を呟《つぶや》いていたが、余と友吉がひたすら説得しても、頑迷に杖を余に向けて、何かわめくだけであった。その罵言のなかで余がようやく理解しえたのは「お前さまの祈《オラシヨ》りはまことのオラショでなか」「お前さまの話はまことのゼスス様の話でなか」の二つだけである。

この憐れな年寄りにとってまことの祈りとは神寄せのオラショのように、祖先たちに救いの取りつぎを願うことであり、まことの基督の話とは、その祖先代々、伝えられてきた物語なのである。何処《どこ》の国でも老人の気持を変えることは、砂の上に魚を生かすより難しいものだ。

●信徒たちがその祖先に持つ愛情は驚くべきものがある。仏蘭西の農民にもこれほどの感情を見たことはない。彼等はいつかの二人の老婆《ろうば》のごとく、十文、十五文の金を（その金は貧しい部落民には貴重なものにちがいないのに）余に渡し、死んだ母親のためミサを立ててくれぬかと頼んでくる。金のない者はおずおずと卵や野菜を持ってくる。その自尊心を傷つけぬ限り、それらを返すことにしているが、返せば彼等の顔は曇るのである。

●朝がた、納屋《なや》で告解を聞いていると、騒がしい物音がきこえた。万蔵が信徒を嫌がらせるため告解を待っている女たちを罵っていたのだった。女たちはさすがに、怖《おそ》れて万蔵を遠まきにし、友吉、与作たちが懸命になだめたが、言うことをきかない。余は納屋を出て万蔵と向きあい、その頑《かたく》なな心が一日も早く解かれるよう頼んだが、「お前さまのオラショはまことのオラショではなか」と彼は先日と同じことを繰りかえした。

「お前さまの話はまことのゼスス様の話ではなか、わしらのオラショは父さまや爺さまが畠《はたけ》ば耕し、舟こぎながら、心の底から唱えとったオラショじゃぞ。お袋さまが、わしらばだきながら唱えとったオラショじゃぞ」

女たちも、友吉も与作も、黙って万蔵の声を聞いていた。まるでその声は遠まきにした信徒たちの心をゆり動かすかのように見えた。太郎八と仙造がようやく、まだ叫びつづけている彼をだきかかえるようにして遠くにつれて行った。だが、引きずられながら、年寄りは叫びつづけていた。「わしらのオラショは父さまや爺さまが畠ば耕し、舟ば漕《こ》ぎながら心の底から唱えとったオラショじゃぞ。お袋さまが、わしらばだきながら唱えとったオラショじゃぞオ」余も意を決し、一同に、余の教えをえらぶか、万蔵の言うことに従うかは皆の自由であり、その自由は妨げないと言って納屋に帰った。やがて、祈りながら待っている余の耳に、おずおずとした足音がきこえた。一人、一人、男たちも、女たちも納屋のなかに戻ってきたのである。それは余にとって当然のことながら感動的な光景だった。

●横浜管区長からの便り。我々の要請により、横浜からあらたにフューレ神父とクゼン神父とが長崎に赴任することとなった。クゼン神父とは、沖縄において共に日本語を学んだ間柄であるが、これらの両神父は、五島、生月《いきつき》に散在している多くの信徒たちを指導することになろう。

●浦上にふたたび、見知らぬ男があらわれ、子供たちに、ここに外国人は来ぬかと訊《たず》ねた由《よし》。奉行側も我々の行動に漸《ようや》く気づいたらしく、プチジャン神父、ロカーニュ神父と今後の対策を協議する。

帰京する飛行機は午後三時なので、今井神父にたのみ早朝のミサのあとすぐ暗崎まで連れていってもらう。暗崎は長崎から大村に行く国道の途中で左に折れた方向にある。

日曜日のまだ九時すぎというのに意外と道は混んでいる。東京の郊外と同じように、ここも折角の林や、丘陵を、ブルドーザーが容赦なく崩してガソリンスタンドやドライブインが至るところにある。むかし信徒や宣教師たちが、さまざまな思いで見つめた風景もあと五年もすればすべてなくなってしまうだろう。今井神父の話では大村湾は近く埋め立てると言うのだ。

パブリカの窓からそれでもジラル神父が日記で書いた「悲しい村」を私は探していた。「この村を丘の上から眺めると、余は言いようのない感動と悲しさとをおぼえる。あわれな小動物が人間たちに見つからぬよう身を縮めている――それが暗崎の姿だったのである。彼等は長い歳月、貧困と迫害にじっと耐えながら、たった一つの小さな火を守りつづけた」日記のその言葉を私は憶《おぼ》えていたし、それを二年前に読んだ時に、心に空想したこの村のイメージも忘れてはいなかった。晴れた日で海にそって、今井神父の車は気持よく走ったが、それらしい村は見えない。

「あと、どのくらいですか」

とたずねると、神父はギヤーを入れかえながら、

「いや、もう暗崎町ですよ」

「悲しい村」など何処にもなかった。アスファルト道にそって工場があり、それから

白っぽいガソリンスタンドがあり、やがてパチンコ屋や映画館さえみえる町に入る。浦上と同じようにそれは私の住んでいる東京郊外とそれほど変りはなかった。

「暗崎村ですか。これが」

「そうですよ。今は町ですがね。浦上と同じように土地ブームでみんなホクホクです。長崎に通うサラリーマンも随分、住んでいます」

事もなげにそう説明する神父が少し恨めしく、私はしばらく黙りこんでいた。

「まだミサをやっているかな」

神父はハンドルの横の時計をみて、

「一寸《ちょっと》、ここの教会に寄りましょう。主任司祭が僕の友だちでしてね」

来るんじゃなかったと私は次第に後悔しはじめ、そしてこれと同じ感じを、七年前エルサレムに行った時、味わったなと思った。あそこではゴルゴタの丘も土産物屋で埋まり、アメリカ人の観光客の乗った大型の車からブギウギが鳴りひびいていたのだ。その時も、来るのではなかったと一日中、私はホテルで舌打ちばかりしていたのである。

一番、私の嫌いな形をした教会がみえた。安っぽい洋菓子のような形をして白い塔と十字架のついた教会である。東京のどこにでも眼につくような教会である。それは一昨日の講演に出てきた日本人の修道女たちの恰好《かっこう》を私に思いださせる。身に合わぬだけでなく、醜悪なあの修道女たちの服装や恰好に似ている。

ミサはまだ終っていなかった。聖堂には左手にヴェールをかぶった女たちがずらりと並び、右には男たちが跪《ひざまず》いたり立ったりしていた。子供たちを叱《しか》る小声や咳《せき》があちこちでする。彼等は声をあわせて、最近、教会が決めた祈りを唱えていた。

主はみなさんと共に
また司祭と共に

司祭が「心を高め」というと、信者たちは「主を仰ぎ」と応じ、

わが神なる主に感謝いたしましょう
それはふさわしく、正しいことです

眼をつむって私はその唱和を聞くまいとしていた。これは祈りではなかった。祈りと言うのは人間の汗や泪《なみだ》が感じられ、血の通い、心にしみる言葉の筈《はず》だった。日本語

とも翻訳ともわからぬこの祈りは私にはただ気はずかしさを起させるだけだった。祭壇で司祭は身をかがめ、カリスを握っていたが、私はどうしても心を集中させることさえできないのが苦しかった。そして私は左右の男たちの顔のなかにジラル神父が書いた仙造や与作や友吉の姿を思いうかべようとしたが、無駄だった。私はただ万蔵のことを考え、杖をふりあげながら神父にむかってお前さまのオラショはまことのオラショではなかとわめいたあの場面のことだけを思いだしていた。「わしらのオラショは、爺さまやその父さまが畠ば耕し、舟ば漕ぎながら、心の底から唱えとったオラショじゃぞ。お袋さまが、わしらをだきながら唱えとったオラショだぞ」その言葉の一語一語が悲痛な調子をおびて浮んできた。

ミサが終り、皆にまじって聖堂の外に出ると、陽のあかくさした出口に神父がたっていた。今井神父は自分の神学校時代の親友で、ここの主任司祭だと紹介して、

「僕と同じようにフットボールが強い人でしてね」

私が微笑すると、彼も笑いながら、

「でもまたどうして、こんな町まで来られたんです」

「ジラル神父の日記を読まれて、感動されたものだから」

今井神父がかわって説明してくれたが、

「いや、あの日記に出てくる万蔵という老人に興味があったんです」私はむきになって、

「あの万蔵の子孫はまだかくれですか」

主任司祭はそれには答えず、手をあげて、聖堂を出ていく信者たちの中から、

「村田さん、村田さん」

と呼んだ。

サラリーマン風の若い男が、五、六歳の女の子の手をひきながらそばに近よってくると、神父は、

「この村田さんが万蔵さんの子孫ですよ。もちろん、今は御家族全部カトリックです」

女の子をつれたその若い父親は、私に照れたような笑いをうかべて頭をさげ、私も笑いをつくって女の子の少し暖かな髪に手をおいた。

（「群像」昭和四十四年二月号）

学生

戦争が終って五年目、まだ東京にトウモロコシの茂った焼けあとが見られた昭和二十五年の夏、四人の青年が、仏蘭西《フランス》船の四等で留学することになった。

日本人が外国に行けるなど考えもしなかったあの当時、そんな奇蹟《きせき》が我々にふりかかったのは、Uという老宣教師の懸命な努力によるものだった。中仏のアンジェから来たというこの老人は、戦後の荒廃した東京の戦災地にたってこの計画を心に思いえがいたのだそうだ。そして彼は沢山の手紙を本国に書き、東京から二名、大阪から一名、名古屋から一名の青年を各地の教会を通して推薦してもらうと、第一次大戦の時、負傷した悪い右足を引摺《ひきず》りながら大使館や外務省を歩きまわった。まだ敗戦国の悲しさでヴィザ一つ願い出るにも占領軍の許可がいる時だったからである。そのヴィザが半年たってもおりなかった時、この老神父が、東京から選抜された私と杉野という青年を前にして「辛抱です。辛抱ですね」と、自分自身を励ますようにうつむきながら呟《つぶや》いていた姿を、私は今でも時々、思いだす。

だが、やっとすべてが片附《かたづ》いて出発することになった。我々の乗る船はメッサージ・マルチーム会社の仏蘭西船で、出航は六月五日の午後二時だった。その前日、私と杉野とは横浜の税関で初めて大阪と名古屋から選ばれた二人の同行者と顔を合わせた。ちょうど霧雨の降る日で、少し早目に行った我々が倉庫の軒下で、足もとに落ちてくる雨の滴《しずく》の音をぼんやり聞いていると、U神父が彼等を伴ってやってきた。一人は顔に銅貨大のアザのある顔色のよくない男だった。亀《かめ》の子のように首を前に出し田島という名を自ら小声で名のった。もう一人の男は、頭にポマードをべったりつけ、積木を重ねたような角ばった体を仕立ておろしらしい安物の背広に入れていた。体だけでなく顔も角ばっていた。私は何だか、はじめて背広をきた憲兵の姿をこの青年から聯想《れんそう》した。粕谷《かすや》という名前だった。

その時はまだ知らなかったが、ずっと後になって、あの天正の少年使節たちの記録を読んだ時、私は、当時の自分たちとあの少年たちとが、様々な点で、随分似ているものだなと思ったのである。周知のように天正の少年使節は、当時、日本に布教に来ていたヴァリニャーノという神父が日本の少年に、欧州の文化や基督《キリスト》教会の姿をその眼で見させるためにポルトガルに送ったものだが、その考えは、三世紀のちに日本にやってきたあのU神父の胸に起ったものと同じだったに違いない。U神父はそのために、配給米で腹をすかせた四人の我々を選んだが、ヴァリニャーノもまた九州の各地から戦争で肉親を失った四人の孤児を拾いだしてきたのである。いずれにしろ、あの戦国時代に育った少年たちにとって遠いヨーロッパに行くことは生涯の大事件だったろうが、我々にも、この事は夢のような出来事だったのだ。

留学と言えば聞えはよいが、実は我々の乗ったのは四等で、四等船室とは要するに船荷を入れた船艙《せんそう》のことだった。そこには三段になったキャンバスベッドが、たがいに鎖でつながれて何列も並び、吃水線《きっすいせん》すれすれに丸窓が四つ、便所が一つ。壁には数字と行先とを書いた箱がつみ重なっていた。晴れた日でもそこは暗く、船が南に進むにつれ、じっと寝ていても汗が容赦なく吹き出るほど暑い。波が出ると、キャンバスベッドをつないだ鎖が、歯ぎしりのような音を一日中、鳴らしつづける。

サービスなどある筈《はず》はなかった。毛布も食器も、出航の日、自分で持参しなければならなかった。食事の時間になると、我々四人は交代で、鉄の階段をおり、厨房《ちゅうぼう》からシチューを入れた桶《おけ》と、パンとデザート代りの果物をもらいに行くのである。果物といっても、それはいつも虫の食った西洋梨《なし》だった。

四等の船客であるため、最初の日から我々は差別待遇を味わった。船が横浜の岸壁を離れる頃、甲板に並んだ我々の顔に、雨空から黒い雨滴が当りはじめた。自分が濡《ぬ》れるというより、この晴れの日に着てきた一張羅《いっちょうら》を汚すのがいやだったから、私が真中の二等甲板のほうに移ろうとすると、白服を着た大男が追いかけてきて何か大声で怒鳴った。彼の早い仏蘭西語はよく摑《つか》めなかったが、要するにお前などはこちらに来るべき船客ではないと言っているらしかった。

怒鳴られたのはこれ一回だけではなかった。厨房に食事を取りに行く時、箱の中に放りこんである梨を杉野とえり分けていると、ソースでよごれた前掛をした肥《ふと》っちょが怒鳴った。私と杉野とが厨房の何かを盗むと思ったらしかった。彼の怒鳴り声にジョンヌ、ジョンヌという言葉が何回もまじった。黄色人の奴《やつ》という意味である。

船というのは一種の国家であり、一等、二等のキャビンを本国とするならば、四等は植民地だと言うことを知ったのはその時である。そして、私たちは白人とか有色人種とかいう人種差別の問題にもまだ馴《な》れていなかった。自分が黄色人だということを言われ、それによって侮蔑《ぶべつ》的な言い方をされたのもこの時が最初の経験だった。

「憶《おぼ》えてろ。あの野郎、のしてやる」

腐った梨を齧《かじ》りながら私と杉野とは甲板の上で肥っちょのことを罵《ののし》った。罵ったからと言ってどうにもなるわけではなかった。肥っちょの腕には錨《いかり》の入墨があり、その腕は大木の根のように太かった。

一、二等の船客たちのいる世界にはバーがあり、プールがある。こちらのほうから眺めていると、小麦色に焼けた裸体を水着につつんだ白人の男や女が、デッキゴルフをしている姿が時々見えた。夜になるとバーには東洋風の提燈《ちょうちん》の灯がともり、笑い声と音楽が風にのってながれてくる。それはペンキと機械の臭《にお》いがこもり、一日中、キャンバスベッドの鎖が歯ぎしりのような音をたててなっている空虚な我々の場所とはあまりに違っていた。私たちは甲板で膝小僧《ひざこぞう》をかかえ、向うの別世界をじっと眺めていた。

戦犯国の青年だったから、最初の寄港地、香港《ホンコン》でも降ろしてはもらえなかった。香港だけではなく、これからマルセイユまで寄港する沢山の港でも、それが仏蘭西の植民地でなければ、我々は船艙のなかでじっと待っているより仕方がないのであった。

香港についた朝は横浜を発《た》った午後と同じように雨が降っていた。雨の波止場で色彩の派手なスカートをはいたスコットランドの兵隊たちが並んでいた。軍楽隊が笛や太鼓をならしてその兵隊たちを送っている。我々の船から一、二等の客を乗せたモーターボートが次々とその波止場に向っていく。香港がこんなに美しい都会だとは我々は知らなかった。それは焼けただれ、バラックと急造の建物しか並んでいなかった日本の都会しか知らぬ我々が初めて見る外国の街だった。

「降りてえなあ」

と杉野は甲板に凭《もた》れて言った。私も同じ気持だった。

天正の少年使節の記録は多いが、そのなかでも有名なのはフロイスの「使節行記」と帰国した彼等の談話を集めた本とである。「遣欧使節見聞対話録」という後者の書物は、伊東マンショ、千々石《ちぢわ》ミゲル、原マルチーニュ、中浦ジュリアン、四人が友人たちに自分たちの見たものを語りきかせるという対話風の本だが、いずれにしろ天正の四少年たちは、昭和二十五年、同じように船に乗って同じように西へ西へと進んだ我々とはちがって、同行の外人をして「謙遜《けんそん》、実直、比類、稀《まれ》であった」と感動させるほど立派な子供たちらしかった。私は、その本のなかから、彼等が出発してマカオに行くまでの思い出を抜き書きしてみよう。

「一五八二年二月二十日、神に導かれ我々は親交と愛情との大いなる鎖に結び合わされつつ、イヴナス・デ・リマ号に乗船した。さて帆を上げて沖に出て、愈々《いよいよ》、支那《シナ》国マカオに航路を取ってから、次第次第に揺れ動く海の不快さを経験することになった。船は決して小さいものではなかったが、吹きつのる風につれて、海と波の湧立《わきた》つ結果、時には跳ね上るとさえ思われるほどであった。船酔いは重苦しく胃を虐《さいな》み、食欲は全《しょくよく》くなく液が胃や内部の色々の部分から出て、最も苦しい時には、胃液のみならず五臓も吐き出されるのではないかと思われた。すべてこういう事に我々は苦しんだが、伊東マンショのみ、平気で、幾分の眩暈《めまい》に悩まされながらも他の苦しんでいるのを嗤《わら》っていた。

だが三日目、風も凪《な》ぎ、波も鎮《しず》まりはじめた。神はこの変化によって我々に人生の悦《よろこ》びと苦しみとは相つながるものであり、不幸も決して真底まで厭《いと》うべきものではなく、また幸福も我々の心を全く惹《ひ》きつけるべきものでないことを教え給《たも》うたのであった。出発後十七日目、我々はこの地方に無数に横たわる支那国の島々を眺め、三月九日、マカオの港に入って、総督、知事、パードレを始めとする万人の歓呼の裡《うち》に迎えられたのである」

少年使節たちが味わった東支那海の船酔いにも我々もかなり苦しんだ。特に四人のなかで一番乗物に弱い私は、四日目の朝からキャンバスベッドに体を海老《えび》のように曲げたまま、唸《うな》りつづけていた。田島も杉野も私ほどではなかったが、食事もほとんど取らず、ただじっと横たわっているだけだった。船艙の油とペンキの臭いが、その船酔いにかさなり、窓の中で黒い海が左右に傾いていた。便所に行くと、少年使節たちの言うように「五臓も吐き出されるのではないか」と思ったほど苦しかった。そしてただ一人、元気なのは粕谷だけで、我々の眼の前で、持参したスプーンの音をたててシチューを食べ、パンをたいらげていた。シチューの臭いが私をむかむかさせた。

「何も見せつけなくたって良いだろう」同じ思いの杉野がキャンバスベッドから怒鳴った。

「食べるなら甲板に行って食べてくれよ」

乗船した時から私も杉野もこのポマードをべっとり頭につけて、頑丈そうな体を着馴れぬ背広につつんだ粕谷が気に入らなかった。人間には理由があるわけではないが、生理的にどうしても嫌いな他人があるらしい。体も腭《あご》も四角く張って皮膚の色が里芋をむいたように白く、そのくせ、眼の細い粕谷は私の最も嫌いな顔を持っていた。私がそれを杉野に言うと杉野も同感だと答えた。

「それに、あの野郎、気障《きざ》ったらしくよ、会話のなかに仏蘭西語を入れやがって」

「聞けば海兵あがりだって言うじゃないか」

つい、この間まで戦後の大学生だった私たちには、陸士や海兵から来た連中を、ただそれだけで不愉快な人種だと思う気持があった。戦争が終ると急に普通の大学に転校してきたその神経も癪《しゃく》に障《さわ》っていた。温和《おとな》しい田島は別として、同じ東京の大学を出た私と杉野とは、この粕谷を最初の日から不快な眼で眺めていた。

「見せつけてるわけじゃないよ。ただささ、このくらいの波で参るなんて、だらしないと、ぼくは思いますがね」

粕谷は我々にはとりあわず、そのくせ頑固に自分のキャンバスベッドに腰をかけ、わざとスプーンの音をたてながら食事を続けた。それから見せつけるようにバンドをゆるめて、

「甲板で体操でもしてきますか。一寸《ちよつと》した船酔いなんて、海風に当り波を見ていれば直るもんですがね」

「こっちは海兵出じゃないから、参るのは当り前だろ。放っといてくれ」

「へえ。海兵じゃ船酔いぐらいで寝かしてくれませんけどねえ」

普通ならばおそらく何でもない言葉も、粕谷の口から出ると、厭味《いやみ》にも皮肉にも聞えた。その上、乗船してからまだ四日しかたっていないのに、我々の神経はいらだっていた。いらだっている神経を、一日中、鳴りつづける歯ぎしりのようなキャンバスベッドの鎖の音が傷つけた。

「田島さん。ぼくは悪いけど、あの粕谷とは気が合わんですよ。あんたはいい人だけどさ」

杉野は一つ上の段で横になっている田島に声をかけていた。

「だから今後も、あいつとは行動を共にしたくないので」

「でも折角、一緒に行くんですからねえ……」

少年使節たちとはちがって、我々はこうして旅の初めから仲間割れをしていた。田島に関して言えば、彼は我々二人と粕谷との間に入って、気の弱そうな表情で絶えず当惑していた。彼は大阪の大学の工学部を出たにかかわらず、渡仏する目的が、私たちとは全く別だった。田島は大学に留学するのではなくボルドオのカルメル会の修道院に入るのだった。私は彼に何となく好意をもっていた。いつも疲れきったような顔をもったこの男は、本を読むか、ラテン語の勉強をしていた。俗世間を棄《す》てて一生を修道生活に送る彼は、偶然、私と同じ年齢であり、誕生日も一週間とちがわなかった。

「偉いなあ、あんたは」

ある夜、甲板で、ふと、一人、ロザリオをまさぐっている彼を見て私はそのそばにしゃがんだ。彼のその時の姿はひどく孤独にみえた。水平線も海も真黒にぬりつぶされて見わけがつかず、甲板においてある幌《ほろ》だけが海風に大きな音をたてて鳴っていた。

「どうして、そんな気になったんですか。俺にはとても歩けない人生だけど」

田島は照れくさそうに微笑した。

「失恋でもして、そんな決心をしたんですか」

「そんな……君。ぼくには」

彼は自分が大学時代、風邪で寝ている時、姉の本棚にあった聖テレジアの一冊の本が自分の生涯をこうしてしまったのだと言った。そう言われても、私には、彼の決意の理由が一向にのみこめなかった。

「偉いなあ。あんたは」

私はただ馬鹿《ばか》のように、偉いなあ、偉いなあと連発するだけだった。

「我々は先にものべたごとくマラッカの町に八日間滞在して元気を恢復《かいふく》した後、ふたたび同じ船に乗りこんで出発した。だが、この新しい航海で我々を最も苦しめたのは暑気と無風と病気とである。港を出てやや進んだと思う頃、風は落ち、海は静まりかえり、空気は燃え、船は進まなくなり、やがて乗客は一人また一人と熱病と烈《はげ》しい下痢とにかかりはじめた。なかでも伊東マンショの苦しみは烈しく、一時は一同もその生死を諦《あきら》めたほどである。だがヴァリニャーノ神父は日夜、このマンショにつきそい、実の父親のごとく言葉を尽して彼を励まし祈り続けられた。

加えて水が欠乏しだした。人々はもはやマラッカの港に帰ることとさえ願ったが、船はその方向にさえ戻ることもできぬ。そよとの風もない毎日、もはや神に祈ることしか手段《てだて》はなく、聖母、聖人の御名《みな》を日々一人一人称《とな》えつつその御加護を願った。薬はもはやなく、渇きに苦しむ船員や客の中には海水を飲んで死んだ者さえいたのである。

地獄のようなそんな状態で我々の仲間、伊東マンショが病気から立ち直ったのはひとえに神のお救いとヴァリニャーノ神父の御辛労の賜物《たまもの》だった。神父は夜となく昼となくマンショの傍に附《つ》きそい言葉を尽して彼を励まし、その恢復を神に祈られた。マンショもまた必死で神父の言いつけに従い、一度吐き出そうとした食べ物も、師の命令通り飲むことさえ拒まなかったのである。

数日後、漸《ようや》く僅《わず》かな風が吹いた。神はこうした天候の変化によって我々に栄枯盛衰は常に表と裏であり、人生は決して真底まで憎むべきものではないが、また我々の心をすべて惹きつけるものでもないことを教えられたのだ。こうして微風はやがて帆をふくらます風となり、船はセイロン沖まで進むことができたのである。

だがここでも新しい困難が我々を待ちうけていた。コモリン岬《みさき》の近くで風は逆風と変ったが、船長は判断を誤り、帆をそのまま一杯拡《ひろ》げたまま船を進ませようとした。ヴァリニャーノ神父は危険を感じ、錨を投じて水深を計るよう哀願された。その結果、船がまさに十五ウルナしかない浅瀬に乗り入れていたことがわかったのである。

我々は神父の指図に従って、船をおり、島で一夜を送ることにした。その一夜に風と鋭い岩のため錨綱が切れ、船は押し流された。

我々は陸路を選ぶより仕方がなかった。それからは、昼は徒歩、夜は土人の担《かつ》ぐ舁《かき》輿《こし》に乗り、一日三十哩《マイル》の行程ときめてゴアに向うことにした。ゴアで我々はイエズス会のパードレたちの歓迎をうけて滞在したが、神父たちから、連日、歴史と音楽を習い、ラテン語の研鑽《けんさん》と祈禱《きとう》は、日夜、欠かさなかった」

天正の少年たちと違い、私たちのほうは一日中、甲板で芋虫のようにごろごろしながら、本一冊も読まなかった。船が南にくだるにしたがい、船艙《せんそう》のなかは暑さでたえがたく、甲板は強烈な日差しが真白に反射し、ラテン語の勉強や祈禱どころではなかったからである。私と杉野とは、ほとんど一日中、自分たちを馬鹿にしたこの船の白人やコックや海兵あがりの粕谷の悪口を言いながら時間をつぶした。海は南支那海とはちがって穏やかだったが、何しろ退屈でたまらなかった。一日中、島一つみえずどこまでも海が拡がり、はじめのうちは波間を飛ぶ飛魚も珍しかったが、間もなくそれにも飽きたのである。一等や二等の船客にはデッキゴルフやプールがあったが、船艙の乗客である私たちには、そんな娯楽一つも与えられていなかった。

少年使節も苦労したか知れぬが、こっちだって敗戦国の留学生なりの惨《みじ》めさはたっぷり味わっていた。私たちが、夜以外はできるだけ自分のキャンバスベッドに戻らなくなったのは、香港から老若《ろうにゃく》男女とりまぜて二百人ほどの中国人移民が乗りこんできたからである。彼等は行李《こうり》や古トランクをぶらさげて、船が出航する一時間前に、巣をこわされた蜂《はち》のように喚声をあげながら雪崩《なだ》れこんできた。汗と煙草《たはこ》の臭いとが、たちまちにして船艙に充満し、子供の泣き声とそれを叱《しか》る母親の声や我々には理解できぬ中国語があちこちから絶えず響いた。とりわけ私たちを閉口させたのは彼等が果物の皮や紙屑《かみくず》をあたり構わず棄て、唾《つば》を平気で床に飛ばすことだった。一つしかない便所も誰かがそこに厚紙を放りこんだらしく、穴が詰って、船がゆれる時、汚水がこちらまで流れてきたことさえあった。

今、考えるとおかしいが、私たちがそんな中国移民たちに清潔にしてくれと言えなかったのは、心に戦争に負けた日本人という気持があったからである。戦後五年間、私たちは進駐軍の兵士や第三国人の前で怯《おび》え、卑屈になる習慣がすっかり身についていた。

香港を出て二日目の夜、私たちと粕谷との間にまた口論が始まった。手鼻を所構わず飛ばす一人の中国青年にたまりかねて日本語で「バカヤロウ」と怒鳴った杉野に、粕谷が日本人はそんなことを言う権利はないのだと言ったからである。

「なぜ、いけないんだよ。共同生活じゃないか」

杉野は食ってかかったが、粕谷は、

「ぼくらは、この人たちの家を焼き家族を殺した日本人じゃないか。だから、この人たちの前ですまなかったと謝罪文を読みあげるべきだと思うんだ」

と言いはじめた。それから杉野と粕谷との間に烈しいやりとりがあった。杉野はそういう発想法をする粕谷を偽善者だと罵《ののし》り、私もそうだ、そうだと同調した。粕谷は拳《こぶし》をにぎりしめ蒼白《そうはく》になって直立していたが、急に身をひるがえして夜の甲板に出ていった。その間、おろおろしていた田島があとを追い、まもなく戻ってきて、粕谷は甲板にもたれて黒い海にむかって泣いていたと言った。

船がフィリピンのマニラ湾に入った時、ひどく惨めな思いをした。夕暮でマニラ湾の空は血を流したような夕焼けに染まっていた。だが、間もなく私たちは前方に林のように沈んでいる何かを見た。

その何かはすべて、日本軍の輸送船の残骸《ざんがい》だった。茜色《あかねいろ》の光に染まった広い湾の中で、その残骸はマストを突きだし、錆《さ》びた横腹を死んだ魚のようにむき出しにしたまま横たわり、私たち四人の日本人留学生はただ茫然《ぼうぜん》として、「むらさき丸」「愛国丸」「あけぼの丸」と船腹にかすかに残っている船名を眺めていた。

船が沖で停止してから、しばらくして、ラウドスピーカーが、我々四人の名を呼んだ。甲板に整列しろと言うのである。やがてフィリピンの国旗をつけたモーターボートから、二人の兵士をつれた将校が乗船してきたが、彼は甲板に一列に並んだ私たちの前にたって、長い長い間、一言も物を言わず睨《にら》みつけていた。背のひくい精悍《せいかん》な顔をした男だったが、私は今日まで、これほど憎しみと軽蔑《けいべつ》とをこめて外人から睨みつけられた経験は他にない。彼は最後に部下に命じて集めさせた我々のパスポートを、穢《きたな》いものでもさわるように持って甲板から消えていった。

つづく二日間、船がマニラを出るまで我々は船長の命令で甲板に出られなかった。日本人が乗船していると知ったならば、フィリピンの人夫たちが何をするかわからぬと言うのである。六月のマニラの暑さを、暗い埃《ほこり》っぽい船艙のなかでじっと耐えているのは実に辛《つら》かった。人夫たちは船艙のなかに次々と船荷を落し、そのたびごとにキャンバスベッドの回りまで埃が舞いこんできた。

「三月九日、赤道を越え、サン・ローレンソ島を過ぎる。喜望峰《きぼうほう》を通過したのは、基督御昇天の日、五月十日である。我々は甲板《ワランダ》に集まり、ミサをあげ主に感謝と加護とを祈った。あとは次の寄港地、セント・ヘレナ島まで五百レグワの距離だが、幸い我々の祈りを嘉《よみ》し給うたのか、神は穏やかな日と穏やかな海とを連日、与えられた。今までの苦しい日々とはちがい、我々は毎日、楽しい旅を続けたが、学習と祈りとは決して怠らなかった。だがセント・ヘレナ島は期待に反し、一隻の船も寄港していなかった。我々は島に十一日間滞在し、甲板から釣りをして興じた。甲板《ワランダ》は魚市のように我々の釣った魚で埋まり、後にはそれを島の貧困者に与えたばかりでなくリスボアまで運ぶ計画さえたてたくらいである。

毎日、ミサはたてられたが、出帆の日、この島の教会に我々は持参の日本紙に日本字で自分たちの旅の由来を書き奉献した。

六月六日、セント・ヘレナを出帆、リスボアに向う」


マニラからシンガポール、シンガポールからスエズ運河と、私たちも航海に次第に馴《な》れてきた。特に中国人移民がシンガポールでおりると、私たちはまた空虚な船艙のなかで、キャンバスベッドをつなぐ鎖の鈍い音をききながら眠り、甲板で食事をした。粕谷と我々とはもう口もきかなくなり、彼は勝手に船員たちのところで日を過し、夜まで船艙には戻ってこなかった。

田島は我々が寝る時刻頃、必ず甲板の隅に行って、一人で義務祈禱をやっていた。彼の話によると、カルメル会に入る者には欠かしてはならぬ日常の祈りが幾つもあるのだそうだ。

私はなぜか田島が好きだった。その好意のなかには、私と同じ年齢で私と同じように不器用で体も強くなさそうな男が、すべての人間的欲望を棄てて一生を神に捧《ささ》げたことにたいする驚きが含まれていた。

夜ふけ、少し眠ったあと、暑さに耐えきれず私が誰もいない甲板に出ると、まだ祈っている田島の姿だけがぽつんと帆柱のちかくに見える。そんな時、私はこれまで幾度もたずねた質問を、彼にまたするのだった。

「どうしてさ、そんな気になったんだ」

こちらの質問がいつも同じなように、彼の答えもいつも決っていた。

「そうだねえ……病気の時、偶然、読んだ小さき花の聖テレジアの木が、そういう決心をさせたんだがねえ」

田島の額には赤黒いアザがあった。何か興奮すると、そのアザの色が濃くなる。私はひそかに彼もまた粕谷を好いていないことを知っていた。粕谷と我々が喧嘩《けんか》をする時、この神学生のアザは一層、赤黒くなったからである。しかし考えてみると粕谷もまた気の毒だった。彼が海兵出だということは、我々の嫌悪《けんお》の理由にはならなかった。我々が彼を嫌悪したのはその顔だった。四角く骨ばっているのにいやらしいほど生白く、細い眼が血走っている。その顔が不愉快だった。そして我々と話をする時、必ず厚い唇のあたりに浮べるうす笑いも不愉快だった。私は理由もなしにこの男は心の中では本当はいつも淫猥《いんわい》なことを考えているのではないかと思った。

ある夜、私が全く寝られぬために一人、甲板に凭《もた》れて海をみつめていると、突然、背後で靴音がした。若い仏蘭西人の船員だった。横を通りすぎてから、彼は何か思いついたように引きかえすと、私に日本人か、とたずねて、一枚の紙を渡してくれた。その紙は一等二等の船客にくばる船内ニュースで最初の行に「朝鮮にて戦争起る」という仏蘭西語が太く印刷されていた。


朝はやくマルセイユに着いた。船はすぐ波止場には入らず、検疫《けんえき》を受けるために暗い沖あいで停止し、私たち四人は食い入るような眼で、まだ半ば眠っているようなこの街を遠くから眺めていた。起きているのは海岸線にそって点《とも》っている灯だけで、時折、その海岸線を自動車がしずかに走っていった。白みはじめた街の背後に丘と白いバロック風カテドラルがゆっくり浮びあがった。

騒がしい下船が始まった。最初は一等二等の船客で、私たち四人は一張羅の背広に着かえ船艙から甲板まで自分たちの重い古トランクを幾つも運んだあと、迎えに来てくれる筈《はず》になっている神父たちを辛抱づよく待っていた。その神父たちがやってきた時、私や杉野の仏蘭西語では彼等の早口の言葉がわからなかった。そのたび毎《ごと》に、私たちは不安そうに粕谷の顔を見ねばならなかった。船旅の間、我々とちがって船員たちと話しあっていた粕谷はかなり会話に上達していたからである。

神父たちは我々を車にのせ、街のどこかの修道院に連れていった。そこがマルセイユの何処《どこ》にあり、何という修道院なのか我々にはわからなかった。私たちはただ言葉のできる粕谷から離れまいとして精一杯だった。粕谷が右に行くと全員右に行った。粕谷がたちどまると我々もたちどまった。あれほど彼を毛嫌いしていたくせに、今となってこの男に頼らねばならぬ自分が腹立たしく情けなかったが、仕方なかったのである。やがて神父たちはそんな私と杉野と田島とを抜きにして、粕谷と今後の計画を打ち合わせていた。打合せがすむと、粕谷は三人に、

「今日の夕方、ぼくはストラスブルグに、杉野君はグルノーブルにそれぞれ出発する。田島さんは今晩、九時の汽車でボルドオに発《た》って下さい」

それから私の方をむいて、

「君は明日の朝の汽車でリヨンに行くよう神父さんたちは手配している」

船のなかで私は上陸後も杉野とできるだけ一緒にいようと約束していたから、私は不満だった。杉野も同じ思いらしく、不平そうな顔をしたが、粕谷からそれが神父た

ちの命令だと言われると、今更、文句も言えなかった。

夕方、先発の粕谷と杉野とが、また神父たちの運転する車に乗せられて出発した。杉野は私と田島との手を握り、手紙くれよな、手紙くれよなと幾度も念を押した。それまで強気だった彼がこの時、迷い子のように心細そうなのが可哀想《かわいそう》で、私と田島とは修道院の前にたって、車が消えていくのをいつまでも見ていた。

田島と二人きりになると、今更のように心細かった。与えられた一室で私と彼とは二匹の仔犬《こいぬ》のように体を寄せあい、低い声でいつまでも語りあった。この時、私は初めて彼からこれから入るカルメル会の修道生活のきびしさを聞かされた。

「じゃあ、冬でも一枚の下着とサンダル一つしか持てないのか。それに昼は百姓仕事をするのか」

「うん」

田島は眼をしばたたきながらうなずいた。

「そんなこと、本当にできるの？　あんたに」

「でも、入会を誓った以上、やるつもりだよ」

「そして勉強はいつするんだい」

「二年、それに耐えられたら、初めて正式に学校にやってもらえるらしいんだけど」

小さな部屋の窓がすっかり闇《やみ》に塗りつぶされた。やがて修道士が来て二人に食事をするように言った。食事をしたあと、彼が田島を駅まで連れて行くのである。
「俺、夏休みか冬休みになったら、必ず君をたずねるよ」

「リスボア港に着いた我々は出迎えの人々の烈《はげ》しい歓迎を受けながら宿舎のサン・ローケ修道院に入った。道中すべて我々の驚きの種であった。まず第一に我々はこのように大小無数の船の入っている港を日本で見たことはなかった。我々の一人、千々石ミゲルはその船の数を三百まで数えたが、やがて諦《あきら》めてしまったほどである。その形も姿も色々で、船嘴《せんし》をつけた三階橈《かい》の船もあれば、細長く船足の速そうな軍艦、重そうな貨物船、それに無数の川船、小舟など、多種多様、我々はただ驚嘆のあまり言うべき言葉を失った。

更に我々は、リスボアのような壮大な都を見たことがなかった。建物はいずれも三層、四層の楼をなして外部を石の柱廊や庭がめぐり、装飾や彫刻のみごとさに腰をぬかさんばかりであった。

サン・ローケ修道院で長かった旅の疲れを癒《いや》した後、我々はアルベルト殿下に謁見《えつけん》を許された。殿下は我々のために黒い緞子《どんす》で装飾された馬車を差し向けられ、それに乗って我々はリベイラ王宮に参内した。

殿下は波濤《はとう》万里、あらゆる旅の苦しみに耐えてリスボアに来た我々に特に起立を許され、伊東マンショと千々石ミゲルが日本よりの信書を提出し、それをメスキータ神父が通訳された。殿下は我々に各自の健康や年齢や親族についてお訊《たず》ねになり、心からねぎらわれた。

王宮を退出した後、リスボアの大司教を訪問、その邸宅の供覧を許された後、食事を饗応《きようおう》された。更にサンタ・ローヤ修道院や王立病院を見物、翌日はサント・アンタンの神学校を見学した。サント・アンタンの神学校はちょうど休暇中だったが、神父、神学生は熱烈な歓迎を以《もつ》て我々を迎え、最後には日本の服装を見せてほしいと言われ、そこで我々は携行した和服に着かえて、彼等の前に再びあらわれ、熱狂的な拍手を受けた。

数日後、アルベルト殿下は我々をリスボアに近いシントラ城に招待された。最初の謁見の時、我々は中国の服を着て王宮に伺ったので、この時は和服に刀をおび、日本より持参した屛風《びようぶ》類をたずさえて城まで馬車に乗った。殿下は甚《はなは》だ悦《よろこ》ばれ、我々の服装を讃《たた》えられた後、一振りの刀を手にとられ、つくづくと熟視され、また屛風の絵について事細かに御質問になった。特に捧呈《ほうてい》した銀台つきの盃《さかずき》はすこぶるお心に叶《かな》い、その品質について御下問があった。我々はシントラ城を退出後、ペロロンガ修道院に戻り寝についた」

戦争前はかなりの日本人がいたリヨンの町も、あの一九五〇年には領事館もなければ日本商社も消えていた。私はこの街でただ一人の日本人であり日本の留学生だった。到着した時は、リヨンは沙漠《さばく》のように空虚で夏休みの大学はまだ閉じられていたから、神父から紹介された仏人神学生について学期が始まるまで会話の勉強をすることにきめた。

グルノーブルに行った杉野からは一週に一度、手紙がくる。彼も私と同じように外人相手の会話学校に通って新学期に備えているらしかったが、ふしぎなのは、私が不安に思っていることを彼も不安に思い、私が失敗したりしたことを彼も同じようにしくじっていることだった。私たちは田島のことを手紙で語りあったが、粕谷のことは意識的に一度も触れなかった。田島はきびしい修院の規則のためであろう、一通の便りもよこさない。粕谷とくるとストラスブルグに行ったことはわかっていたが、向うも梨《なし》のつぶてだった。こちらも奴《やつ》のことは毛ほどの興味もなかった。

仏蘭西の生活にどうにか馴れ、日常の会話なら、さして苦労しなくなった頃、新学期がはじまった。だが最初の講義に出てみると、私は教授の講義がほとんど摑《つか》めなかった。憐《あわ》れに思った仏蘭西学生がその日から私にノートを貸してくれて家庭教師を引きうけてくれた。

私の下宿は皿町という裏通りにあった。昔、ここには皿や陶器を売る店がずらりと並んでいたそうだが、今は三軒か四軒しか残っていない。古ぼけた市電が時折、ひきつったような音をたてて通りすぎるほかは、昼間でもどちらかと言えば暗いひっそりとした通りである。赤い屋根には、いつも鳩《はと》の群れが煙突のそばにとまって、咽喉《のど》の奥から寂しい声を出して鳴いていた。夕暮になると、箱型のオルゴールを引っぱった老人がやってきて古いすりきれた音楽を鳴らした。市電の停留所には一人の狂女が雨の日以外は欠かさず立っていた。戦争で恋人を失って以来、頭がおかしくなった彼女は、まだ男が生きていて自分をたずねてくると信じながらああやって停留所に来ているのだと言う話だった。

十月も末になると、リヨンは霧に包まれはじめる。夜、外出から戻ると、一寸先も見えぬほど濃い霧の幕が行手にたちこめていることもあった。その霧を手足ではらうようにして私はベッドと本箱と机しかない屋根裏部屋に裏階段を昇って帰るのだった。

杉野とは船に乗っている時、おたがい、仏蘭西語が上達しない限り、尋ね合わぬ約束をしていた。しかし霧のリヨンで、ほかの日本人と話す機会もなく、たった一人で生活していると、無性に彼の顔が見たくなる時があった。一カ月の船旅で気が合った奴だけに、こう離れてみると余計に、短気だがさっぱりしたその性格が懐《なつ》かしく思われ、ある日曜日、私は予告なしでグルノーブルに出かけることにした。

スキー客でぎっしり詰り、スチームの熱気がこもった客車で、午後、グルノーブルに着いた。刃物で切ったような山が町のすぐ近くまで迫っている。正ちゃん帽をかぶったスェーター姿の男女がスキー道具をかついで雪どけの町の至るところを歩いている。空は晴れ、左右の土産物屋の屋根から、とけた雪の滴《しずく》がまぶしい歩道に大きな音をたてていた。すべてが霧に包まれた暗いリヨンとはちがった風景だった。私はここで勉強している杉野を羨《うらや》んだ。

キャフェから電話をかけると、彼のびっくりした声がはね返ってきた。

「何処にいるの。すぐ行く」

ほとんど半年ぶりで見る彼の顔は、雪やけで陽なたにさらした林檎《りんご》のような色になっていた。彼もそこらを歩きまわっている男女のように、スキー帽をかぶって、厚いスェーターを着ていた。一緒に歩いている間も、時々、手をあげて、学生らしい青年に挨拶《あいさつ》をしていた。

「うまく、行ってるようじゃないか」

私は幾分、羨望《せんぼう》をこめてそう言うと、彼は照れたような顔をして、まあな、と答えた。

グルノーブルはリヨンよりもはるかに小さな街だったから、二、三時間もしないうちにほとんど見てしまった。美術館やスタンダールがいた家を訪れると、もう行くところがなくなった。

「すまんな、これぐらいの街だよ」

彼はまるで自分の過《あやま》ちのようにあやまった。

「久しぶりで日本語が話せただけで楽しかったよ」

と私が言うと、彼はうなずいて、

「そうさ。何しろ、頭のなかで考えて、翻訳して話すんじゃなくて、日本語は口から唾《つば》のようにパッパッと出るからな」

と答え、私を笑わせた。

リヨンに戻る汽車時間が迫ってきた。駅まで送ってきた時、杉野はしばらく、ためらっていたが、不意に、

「俺、段々教会に行かなくなったよ」

「こっちだって」私はうなずいた。「時々、さぼっているけど」

「そんな問題じゃなく、つまり……」

つまりと言って彼は口を噤《つぐ》んだ。聞かなくても、その言おうとする言葉は私にはわかっていた。杉野は私を見ずにホームの端に、じっと視線をむけていた。

「だから、君に手紙を書くのが、段々、辛《つら》くなったんだ。嘘《うそ》をついているようでな」

列車の発車を告げるアナウンスが聞え、彼はさあと言って私の肩を押した。何故《なぜ》と訊ねかけたが私も聞くのをやめた。そんなことは、説明してもらっても、どうなる問題でもなかった。また日常会話の言葉で彼が言えることでもなかった。ただ、その瞬間、私の胸に、我々を仏蘭西に留学させるために努力してくれたあの老いたU神父の、足をひきずった姿が急に浮んだ。悪い足をひきずって、U神父は私と杉野のために、大使館や外務省を何度となくたずねていったのだった。

列車が動きだし、杉野は一寸《ちょっと》、片手をあげ、それからすぐ、階段のほうに向って歩きだした。私は少し体を乗りだすようにしたが、彼の背中は柱のかげにすぐ消えた。

その年の冬休みに私は粕谷にも会った。もちろん、こちらがたずねたのではない。向うが突然、やって来たのである。日本でも有名な聖地ルルドに学生の巡礼団にまじって行く途中、彼は寄ったのだった。

その時、私は買物に出かけていた。買物から戻ると門番のおばさんが、仏蘭西語のうまい日本人が来て部屋で待っているよと言った。粕谷だった。相変らず、昏のあたりにこちらを小馬鹿《こばか》にしたようなうす笑いを浮べる悪い癖を彼はなくしていなかった。駅から真直《まつす》ぐにここに来たらしく、見憶《みおぼ》えのある古い鞄《かばん》を私のベッドの上においているので、

「ホテルはもう決めたのか」

ときくと、彼は、この国の男がよくやるように、両肩をすぼめ、この部屋に泊るつもりだったのだと、平然と答えた。

「一つしかないんだが。ベッドが」

私はそう断ろうとしたが、彼は、自分は海兵時代、体を鍛えているからどこでも寝られると言う。そのくせ、私が仕方なく門番のおばさんに頼み、マットと毛布とを借りてくるのをじっと待っているようだった。そして粕谷は、私がそうせざるをえないことを予想していたにちがいなかった。

不愉快だったが、一緒に部屋にいたくないので夕方までリヨンを案内した。案内はしたが、粕谷が言葉のなかに仏蘭西語をしきりとまじえるのが、少しずつ神経に障《さわ》ってきた。仏蘭西語をまじえるだけでなく、身ぶりまで仏蘭西人のような大袈裟《おおげさ》な恰好《かっこう》

をするので、私は益々、白けた気持になっていた。粕谷は自分がどんなに勉強しているかを得意そうにしゃべり、ある教授に特別に眼をかけられているのだと言った。

「食事にこい、食事にこいといつも言われるので弱っちゃいましてね。ほかの留学生はそんな招待は受けたことはないんですから」

彼が仏蘭西語を使うたび、こちらはわざと日本語で答え、彼が得意になるにつれ、こちらは意識的に話題を変えた。私は心のなかであのグルノーブル駅で別れた杉野の雪やけした顔と姿を思いだし、あいつのほうが、ずっと純粋だと考えようとしていたが、粕谷は一度も、杉野や田島の名を口に出しはしなかった。

その夜、私が自分のベッドに、粕谷は借りてきたマットに寝ようとした時、下着一枚になった彼が壁にむいて跪《ひざまず》いたまま、

「一緒に祈りませんか」

と誘ってきた。その時、跪いている彼の足が眼に入った。毛のほとんどない太い白い足だった。なぜか生理的な嫌悪感《けんおかん》を感じて、私は厭《いや》だと言った。と、彼は壁にむけた顔をこちらに向け急にうすら笑いを唇にうかべた。私はすぐ眠りに入ったふりをしていたが、かなり長い間、祈りの恰好をしていた彼は、やがてこちらに聞えるように、さあ寝るかと独りごとを言って、灯を消した。

翌朝、眼をさますと、何処に行ったのかその姿は見えず、ただその古いトランクは部屋の隅に口をあいていた。歯をみがいていると、肩で息をして、額にべっとり汗を浮べた彼が戻ってきた。

「教会にでも行ったんですか」

幾分、皮肉をこめてたずねると、汗を掌《てのひら》でぬぐいながら粕谷は、駆け足をしてきたのだと答え、洗面をつづけている私の背後に立った。鏡に角ばって眼の細いあの顔がうつった。

「ねえ、どう処理していますか。君」彼はそのままの姿勢で突然私にたずねた。「あのこと」

「何をですか」

「性欲だけど」

私は口の中の水を洗面台に吐きだした。同じ質問を杉野がしたならば、私は仲間同士の気やすい気持で返事をしたろう。しかし、粕谷からこの質問を受けた時、私は身震いしたいほど不快感に襲われたのである。

いつまでも黙っているので、粕谷は自分から告白した。

「ぼくは、我慢できなくなると……今みたいにランニングをしたり、どこまでも歩きまわったりするんです」

「歩きまわるって、何処を」

「ストラスブルグの街のなかを」

その時、私には眼に見えるようだった。両手をポケットに突っこみ、異国の街を、ただ、体力を消耗させるために、額に今と同じように汗がにじむまで何処までも歩きまわる粕谷の姿が眼に見えるようだった。

粕谷は朝飯をすますと、私に別れをつげて駅にむかった。そこには彼と一緒に聖地ルルドに向う神学生や学生たちが集まっているとのことだった。私は彼を送ってはいかなかった。


「三月二十二日、言いあらわせぬ程の悦びをもってこの旅行の希望の的である永遠の都に到着。思えば長い長い旅であったが、その終点が遂《つい》に来たのである。

ローマにたどりつくと、軽騎兵の一隊が城門より喇叭《らっぱ》を鳴らしつつ我々の先導をなし、既に路《みち》の両側にはすさまじい群集が並んで手をふり、花を投げてくれた。そして我々が宿舎であるイエズス会のコレジオに着くと、総長以下二百人ほどの神父、修道士《たい》たちが待ちうけ、我々の一人一人を抱擁して中に導いてくれた。聖堂には隈《くま》なき松明《まつ》と蠟燭《ろうそく》とが輝き、オルガンの音にあわせて、大祭壇の両側から白衣をつけた聖歌隊が、テデウムをたからかに合唱してくれたのである。

翌、三月二十三日、土曜日はいよいよ法王に謁見《えっけん》を賜わる日である。だが四日前から、我々の一人、中浦ジュリアンは高熱に襲われ、ローマ到着以来、病床にあり、医師から絶対安静を勧告されていたので、この栄《は》えある儀式に出席させるわけにはいかなかった。しかしジュリアンは、神父、医師たちの注意にもこの時ばかりは首をふり、どうしても一行に加わらせてくれと泪《なみだ》を流して頼むのであった。そして神父たちもその熱意に負けて、一行より先に帰ることを条件にそれを許した。

三月二十三日、我々は飾りたてた馬車に乗り、あまたの騎兵に附添《つきそ》われながら法王庁に向った。ローマ市民たちは窓から顔を出し歓呼の声をあげながら、我々の行列に手をふり、テーベレ河にそった聖アンジェロの城塞《じょうさい》は砲声を鳴らして我々四人の日本人を祝福したのである。

我々は威儀を正し、法王庁の「法王の間」と呼ばれる広間に進んだ。既にここには、きらびやかな服をまとった貴族、枢機卿《すうきけい》、司祭たちがひしめきあっていた。その向うに、聖なる法王は荘厳《そうごん》を極めた椅子《いす》に腰かけられていたのである。

法王は言葉も及ばぬ威厳のなかに、ある特別の、信ずべからざる温和さをたたえたお方であった。彼は御自分の足もとに近づいてくる我々四人を見るや、父のような微笑をもって立ちあがられ接吻《せっぷん》を賜わったのである。我々はその畏敬《いけい》にうたれながらも、心をとりなおし、日本より持参した我々の主君、大友侯、大村侯の信書を差し出したのである。その信書の内容は簡単に言えば、誤れる偶像崇拝から、神慮によって基督教の信仰に召されたことに感謝しつつ我々四人の使者を派遣したと述べたものである。信書はすべて日本語で書かれていたため、メスキータ神父が通詞《つうじ》として翻訳し、法王はその威厳と寛大さに相応《ふさわ》しい答弁をされたのである」

日本人の一人もいないリヨンの街だったから私は必要に迫られて言葉だけは少しずつ上達した。もう大学の講義に出かけてもそれほど、仏蘭西人学生の助けをうけたり、ノートを借りる必要もなくなってきた。親しい友だちも何人かはできた。しかしどんなに仏蘭西人と親しくなっても、どうにもやるせない時が月に幾度かは襲ってきた。そんな時、私は同じような孤独を味わっているグルノーブルの杉野やボルドオの田島がどうしているだろうと考える時があった。

冬から翌年にかけ、そんな時の私のたった一つの慰めは一匹の猿を見にいくことだった。その猿は街のはずれにある公園に飼われていたが、春や秋ならば家族づれでにぎわう公園は、その季節、裸の林と氷のうかんだ暗い池と池の岸辺に引きあげた古ボートのほか何もなく、巴里祭《パリさい》の夜、リヨン市の素人《しろうと》音楽隊が下手糞《へたくそ》な音楽を演奏する小さな音楽堂も扉をとじて静まりかえっていた。

猿はその音楽堂のすぐそばの金網の中にいた。仲間は死んだのか、彼女だけが不潔なセメントの上でいつもうずくまっていた。私がパンを投げてやると彼女は赤黒い歯ぐきを出して唇を細かく震わせながら金網を両手でゆさぶった。公園のなかは私のほかには人影はなく、寒い日には林のなかで枝の折れるような固い乾いた音がした。私はながい間、その猿を眺め、それからバスに乗って下宿まで戻るのだった。

杉野から便りがあった。彼は近く巴里に一人でのぼりたいと書いてきた。自分はこれ以上、皆をだますのは辛いから、今後はカトリック留学生としての援助をすべて打ち切ってほしいと東京に手紙を送ったと言ってきた。私は杉野の手紙を受けとった時のあの老神父の悲しそうな顔を心に想像した。しかし杉野にとってはそれが一番正直な態度であることも私にはよくわかった。

春がきた。毎朝、下宿の前を通る花売りの声で眼を覚した。鈴らんやミモザの花を手車にのせて花売りは大声で何かを叫びながらきまった時刻に通ってくるのである。

その年の夏休みが始まるとすぐ、私はボルドオに旅行する計画をたてた。それは一つには自分の勉強していたモウリヤックの小説背景を見るためだったが、それよりもカルメル会の修院にいる田島に会いたいためだった。マルセイユで彼と別れた時、必ず尋ねる約束をしていたのだ。彼からはその後、一通の便りもなかったが、それが会の命令であることも知っていたし、田島が私たちのことを忘れていないこともわかっていた。

よく晴れた七月のある日、私はリヨンから汽車にのり、夕方、ボルドオについた。夏のボルドオはリヨンよりももっと空虚で暑く、私のとった安宿の窓からは、夜遅くまで眠れぬ人々が広場の噴水のまわりにいつまでも腰かけている風景が見えた。

翌朝、バスに乗ってギャロンヌ河にそってランゴンという町に向った。田島が修錬を受けているカルメル会修院はそのランゴンに近い村にあるのだった。バスは猫柳と葡萄畠《ぶどうばたけ》との間を三時間ちかく走った後、私一人を落して埃《ほこり》をあげながら去っていった。私は幾度も人々に道を聞いて、修院のある丘をのぼっていった。

田島の悦《よろこ》ぶ顔をまぶたの裏に思いうかべながら、やっとその修院をたずねたにかかわらず、私が玄関で褐色の修道服を着た体の大きな男から受けた返事は、面会は禁止されているということだった。私は特別の配慮をしてほしいと哀願し、その修道士は院長に相談に行った。そして長い間、待たされた揚句、午後三時に五分だけ、畠仕事をしている田島のそばに行って良いという許しを得た。

三時までまだ二時間以上あった。私は憤《いきどお》りを感じながら修院のまわりを犬のようにぐるぐると歩きまわった。夏の陽の照りつけているこの建物の窓のどこかに田島のアザのあるあの顔が見えぬかと思ったのである。

三時、私は受付で先程の体の大きな修道士から場所を教えられて、その畠に転ぶように走っていった。田島は鍬《くわ》を持ったまま、まるで叱《しか》られた生徒のように一人ぽっちでしょんぼりと私を待っていた。その鍬は彼には余りに大きすぎた。

「なんてひどい規則なんだい。五分間しか会わしてくれないなんて」

私の第一声はそれだった。そして、褐色の修道服に縄を帯の代りとしてサンダルをはいた田島の異様な姿をじろじろと眺めまわした。

「この暑さの中で、そんな恰好をしているのか」

田島は汗をふきながら叢《くさむら》に腰をおろした。彼はかなり疲れているように思えたので、

「良くないな、顔色が」

すると彼は草の葉を一本とって、それを指の間で弄《もてあそ》びながら、

「眠れないもんだから」

「どうして」

彼の顔が歪んで急に涙が頰に流れはじめた。額のアザが赤みをおびた。今まで誰にもうち明けられず押えに押えていたものが、私に会うことで遂に抑制力を失ったのである。戸惑い、怯《おび》えながら私はその顔をぼんやり見つめていた。

「言えよ」

「いや」

「言えよ」

私は告解をきく司祭のように彼の言葉を促した。助けようという心になっていた。

「体力が追いつかないんだよ。ここの生活に」草の葉をちぎりながら田島は「精神力で頑張ろうと思うんだけど、何しろ、毎晩、眠れないもんだから。たとえば蚤《のみ》がすごくいるんだ。それも十四や二十四じゃない。寝ると同時に襲ってくるんだ。ぼくは朝がたまでドアに凭《もた》れて立ったままで寝るんだよ。一晩中、疲れて」

初め、彼が何を言っているのか、よくわからず、私は、

「なぜ、上の人に言ってD・D・Tをもらわないんだ」

「それが駄目なんだ。それもここでの修業の一つだと叱られた。でも他の人の部屋より俺の部屋のほうがすごいんだ」

「そんな非合理な修業ってないじゃないか」

「ぼくだって、他のことは頑張ったんだけど。たとえば、冬、この山道をサンダルもはかずに歩かされるだろ。足が血だらけになっても、そんなことはやりぬいたんだ。労働だって、決して怠けたりしなかったし……」

「そう思うよ」

私は船の生活で田島の性格や彼の信仰や決心を知っていた。

「リヨンに戻ったらD・D・Tを送るから」

すると泪が残っている田島の頬にはじめて微笑がうかんだ。しかし既に時間だった。会の規則は規則だから去らねばならなかったが、私は諦《あきら》めきれず、

「今日はこれでもう会えないかしらん」

「駄目だなあ、ただ、君が朝がたまでここに残ってくれたら……」

「残るよ」

「そんなら、午前二時に。ぼくたち修道士は一度、起きてチャペルに行くからね。もしチャペルにその時刻、君がいてくれたら……話はできないけれど、おたがい顔は見ることができる」

私は田島のためなら、どんなことでもしたかった。ここに泊めてもらえないならば、

野宿をしてでも約束の午前二時を待つ気持だった。私は修院まで駆け戻り受付の大きな修道士に交渉した。初めは困った顔をした彼はまた修院長に相談に行き、やっと客用の一室に泊ってもいいという許可を得てくれた。

客用といっても鉄製のベッドが一つとベッドの横に半ば燃えつきた蠟燭が一本あるだけの部屋だった。窓のむこうには灰色に埃をかぶった夏草が生い茂っている。私は下の村までおりて、長い間、百姓がトラクターを動かすのを眺め、一つしかない食料品屋でパンとチーズを買って食った。

夜、部屋に戻ってベッドに横たわると、まもなく、足に痒《かゆ》みを感じた。急いで灯をつけると、シーツの上をはねる蚤が右にも左にも見える。毎夜、ドアに凭れたまま眠るという田島の痛々しい姿が私には見えるようだった。

午前二時まで私はその蚤を一匹一匹つぶしながら時間を待った。二時前、夏草の茂る庭をぬけると草と山の空気がにおった。チャペルには、瘦《や》せこけ、項垂《うなだ》れた基督《キリスト》の十字架像が祭壇の灯に照らされていた。じっと跪《ひざまず》いていると、テデウム・ラウダスを歌う修道士たちの声が、遠くから聞えた。歌声はチャペルのむこう、廊下から次第に近づき、やがて褐色の修道服を着て素足にサンダルをはいた彼等が蠟燭を持ちながら一列になり入ってきた。その最後から二番目に、同じ恰好《かっこう》をした田島の背のひくい姿も見えた。彼は私のそばを仲間と通りすぎたが、ふり向きはしなかった。彼等は跪き、合唱は続き、夜あけまで、かなりの時間があった。

「一五八六年、四月十日、万感の思いをこめて、帰国の途につくべく、リスボアを出発するサン・フェリッペ号に乗る。思えば、長い旅であった。波濤《はとう》万里、あらゆる艱《かん》難《なん》をこえて我々はポルトガルに渡り、伊太利《イタリー》に赴き、聖なる王に信書を捧《ささ》げ、我々の日本の隅々にも基督の御教えの行きわたらんことを願ったのである。我々をしてこの長い旅を遂に果させたのはすべて主の栄光のためであった。往路と同じく、これからの帰路にも、嵐《あらし》、飢え、凪《なぎ》などの試煉が待ち受けているであろうし、無事にたどりつくとしても、長崎に戻るには少なくとも二年もしくは三年の歳月が必要である。肉親はおそらく我々の姿を見まちがうにちがいない。それほど我々は年をとり、姿が変ったからである。我々とても父、母、兄弟の顔を、この旅の間、数えられぬほど心に思いうかべたのである。愈々《いよいよ》、帰国の日が近づくにつれ、その懐《なつ》かしさはいやましに胸をしめつけ、腑甲斐《ふがい》ないほどであった。

だが我々が日本に戻るのは、ヴァリニャーノ師も教えられたごとく、肉親に再会するためではない。船中に多くの書物、聖器具、印刷機械を携行したのも、我々がこのポルトガルと伊太利で憶《おぼ》えたる智慧《ちえ》、智識を人々に伝えるためであり、主の教えを日本にひろめるためである。四人は既に生涯を伝道に捧げるべく司祭たらんことを、旅行中、心に定めていたが、それは一人一人の発意によるものであり、思いは偶々《たまたま》、同じだったのである。ローマ滞在中、我々はイエズス会に入会を請《こ》うたが、イエズス会総長は、一行の帰国後に、ヴァリニャーノ師にその決定を一任された。もしその入会が許される暁には、我々は俗世の浮華をすて肉親をすてて、危険と難儀多き日本の布教のために働く所存なのである」

それっきり、そして私が留学を終えて帰国するまで、田島にはリヨンからD・D・Tを送ったが、相変らず、葉書一枚、来なかった。会の規則で肉親や友人にも最小限度の必要以上、手紙を書くことを禁じられているからである。

私が帰国する三カ月前に、日本から兄がU神父が死んだことを教えてきた。

杉野には帰国前にたち寄った巴里で会った。彼はA新聞社の支局でアルバイトをさせてもらったり、その頃から仏蘭西にやって来はじめた日本人のガイドをして食っているのだと言った。

「勉強のほうは」

と私がたずねると、一瞬、彼の顔が暗くなって、

「やろうと思うんだが、生活費のほうに追われてね。しかし、来年から見通しがつくんだ。奨学資金をソルボンヌに申請しているから」

しかし私はその視線の動きから、彼が自分の言っていることに自信がないのがわかった。

「U神父は死んだよ」

私がそう言うと彼は眼を伏せて黙った。

「どうにもならなかったんだ。俺としては。嘘《うそ》をついてまで教会の金をもらうのは厭《いや》だからな」

「わかってるよ」と私はうなずいた。「君のほうが、俺たちよりずっと立派なんだ」

杉野のほうにも粕谷や田島から手紙は来ていないそうだった。

四人で出かけた留学だったが、帰る時は、私一人だった。私は赤城丸という日本の貨客船で、二年前よりはもっと人並みな船室に乗ることができた。

帰国して一年目、私は田島が結核の手術をトゥールーズの病院で受けたあと死んだというニュースを聞いた。それを電話で知らせてくれた彼の母堂は受話器のむこうで泣いていた。

粕谷の消息は全くない。ストラスブルグに行った日本人に聞くと、彼は仏蘭西人の女と一緒に生活していたという。

天正の少年使節は帰国した後、有馬の神学校に入学した。基督教の迫害がはじまり神父と伝道士たちは次々と捕えられ、信徒たちは棄教を迫られそれを拒む者は拷問《ごうもん》にかけられたり、死刑に処せられたりした。天正の少年使節たちもその運命を免れることはできなかった。四人のうち二人は病死し、一人はみごとに殉教したが、最後の一人は転び者となり迫害者の一員となって仲間たちを捕縛する手先になったという。その男の氏名は不詳である。

（「新潮」昭和四一四年十月号）

ガリラヤの春

三月のエルサレムは避暑地のように爽《さわ》やかだと聞いていたのに、テル・アビブの飛行場でやっと摑《つか》まえたタクシーが兵営のある村を通りすぎて、大きな雲の影が落ちた野に入ると、まもなく左手に雪が残った岩だらけの山が見えはじめた。車のなかも急に冷えてきて、私も妻も貧乏ゆすりをしだした。ローマで風邪を引いた私は、足もとの鞄《かばん》からマフラーをとりだし首にまきながら、その中腹に転がっている赤茶けたスクラップのようなものに眼をとめた。と、今まで黙っていた運転手が、突然、仏蘭西《フランス》語でしゃべりだした。

「戦争中にエルサレムに孤立したイスラエル軍のために決死隊が食糧を運んできたんだが、その時のトラックの残骸《ざんがい》だってさ。ここでアラビヤ人の攻撃にあって、半分は破壊されたんだそうだ」

私が妻にそう教えると、彼女は貧乏ゆすりを続けながら、

「へえ。こわい。最近のことなの」

とたずねた。運転手にこの質問を通訳すると、彼は憤慨したように首をふりながらその英雄的事件はずっと昔、第一次パレスチナ戦争の時だと答え、私たち夫婦を恐縮

させた。

エルサレムが近づくにつれ、検問が二度あった。鉄かぶとをかぶった兵士がそのたびに手をあげて車をとめる。二回とも、まだ少年のように可愛《かわい》い顔をした兵士で、我々が日本人だとわかると、イクス・キューズ・ミーと礼儀ただしくわびる。

山を越えた途端、エルサレムは向うの高原の上に急にあらわれた。白い近代的なビルディングやアパートが幾列にも並んだまだ新しい都市である。それはイスラエルが建設した街で、古い昔からのエルサレムはここからは見えず、その奥にあるのだった。翳《かげ》った雲の割れ目から夕暮の光が幾条にも街にふり注いでいた。

この聖都に来ることは長い間の夢だった。私はかなり感傷的にもなり、感慨無量でもあった。

「やっと……来ましたな」

寒さのためにまだ時々、貧乏ゆすりを繰りかえしている妻にではなく自分自身に言いきかせるようそう呟《つぶや》いた。しかし、私が自分自身に呟くという時は――それがこういう自分の信仰の話になると――ほとんど、死んだ母に話しかけるようなものだった。私の信仰は、もしそれが信仰とよべるならば、母親への愛着とつながっているのだ。父と別れた後、母が信じ、私にも信じさせようとしたものを、彼女への思い出や愛情をぬきにして私は考えられなくなってきたのである。

「やっと……来ましたな」

たしかに私は母にむかって、そう語っていた。生前彼女はどんなにこの聖地に来たがっていたろう。もちろん、そんな大それたことは戦争直後孤独のなかで死んだ母には実現不可能な夢にちがいなかった。だから私たち夫婦は足もとにおいたトランクの奥に、ノートや本と一緒に亡母の古ぼけた写真を入れて、ここまで来たのである。

ホテルは新市街とよばれるイスラエル地区の中心部にあった。着いた日がユダヤ教にとってきびしい聖日とも言うべき安息日《サバート》だったので、我々夫婦は少し周りを歩いただけですぐに部屋に戻ってきた。表通りの商店街も一軒のこらず鎧戸《よろいど》をおろしていたし、路《みち》も沙漠《さばく》のように空虚で、私が見たのは、草色の軍服を着て、銃を肩にかけた警備兵の行列ぐらいなものである。オリーブの油の臭《にお》いのするまずい晩飯がすむと、本当の見物は明日にすることにして、妻は絵葉書を書き、私は明日から見物する場所を、本や聖書と首っ引でイスラエルの地図の上にさがしはじめた。

イスラエルは今度の戦争でアラブから占領した地域を加えてもせいぜい九州ほどの大きさだし、それに私はキブツや沙漠農業と言ったものにはほとんど関心がない。見たいのはただ、少年時代、母と一緒に読み、その後も折に触れて開いた新約聖書に出てくる村や山や湖だけである。第一日目と二日目にはエルサレムやベトレヘムやベタニヤを見よう。三日目と四日目とは車を借りてユダの荒野を越えて、ジェリコやヨルダン河や死海文書で名だかいクムランの修院の跡をたずね、五日目にはそこからナザレやガリラヤの湖にむけて北上することにしよう。私の計画は大体そんなものだった。

夜のエルサレムは、ここが都会かと思われるほど静寂である。机がわりに使ったベッドテーブルには、薄暗い灯が古ぼけた聖書を照らしている。死ぬまで母が枕元《まくらもと》においていたもので、それを私がその後も使ったから、表紙も裏表紙もちぎれ、妻がセロテープとボール紙とで修繕しなければならなかった。頁《ページ》をめくると、母が生前引いた傍線が、すぐ眼につくし、頁と頁の間にはさんだ御絵も何枚か残っている。御絵というのは、クリスマスや復活祭のような祝日に信者同士が贈りあう基督《キリスト》や聖母の絵である。

妻が風呂《ふろ》に入っている間、その御絵を一枚一枚眺めた。一枚の御絵はクリスマスの生誕の馬小屋を描いたもので、もう一枚は弟子たちと共に最後の晩餐《ばんさん》をとっているイエスの姿である。構図も線も俗っぽいから、どうせ向うの三流画家が描いたものだろう。御絵の裏にミュラン神父というサインが残っている。母と私とが洗礼をうけた夙《しゅく》川《がわ》の教会の主任司祭で、戦争中、敵性外人として収容所に入れられた人だ。

母が傍線を引いているのはマルコにしろルカにしろ、ガリラヤ地方でのイエスの言葉が多い。長血《ながち》を患《わずら》った女にむかって言った言葉や、あの有名な山上の教えには、傍線のほかにわざわざ赤鉛筆で丸じるしがつけてある。

私は浴室の湯の音をききながらベッドに横になって、もうすっかり暗記していると言っていいそれらの聖句を、ただ母があれほど憬《あこが》れていた聖都を訪れた記念のために読みかえしてみる。

幸いなるかな、心の貧しき者。天国はその人のものなればなり。

幸いなるかな、悲しめる者。彼等は慰めをうべければなり。

幸いなるかな、柔和なる者。その人は地を継がん。

幸いなるかな、心のきよき者。その人は神を見るべければなり。

母はこの最後の「幸いなるかな、心のきよき者」の句に赤丸をつけていた。窓をあけると向い側の建物もその左右の家も窓の灯が薄暗い。通りをたった一人の男が木靴でも穿《は》いているように固い音をたてながら歩いていく。

イスラエルの気候はどうもわからない。翌日、眼をさますと昨日の寒さを忘れたようにまぶしい陽が通りの隅々までさし、安息日《サバート》が終ったせいか、人も自動車もかなり出ていた。戦時下というのにショーウインドーにも、さまざまな品物が並んでいる。

エルサレムを見る前にベタニヤをまず訪れることにした。私はイエスが処刑される前日と当日とに歩いた路すじをそのままたどってみたかったのである。

アラビヤ人たちで満員のバスが街を離れ、オリーブの茂った荒地を少し走ったと思うと、そこがもうベタニヤの部落である。眼に痛いほどの強い紫外線をうけて私たちが路でぼんやりしていると、うすぎたない布を頭に巻いたアラビヤの男が寄ってきて金を乞《こ》うた。

死んだように静かな村で白っぽい家々の影が地面に黒く落ち、壁にほった真暗な窓はまるで盲目の男の眼のように見える。イエスが好んで訪れたあのマルタやマリアの家はこの部落にあったのだが、もちろん、今、見られる筈《はず》はない。物乞いの男が、ラザロの墓を見せると言う。よせばよいのに妻が腰をかがめて、その出鱈目《でたらめ》の洞穴のなかに姿を消したあと、私はエルサレムにおりる石ころだらけの路を見つめていた。路はアラビヤ人の墓をぬけ、埃《ほこり》をかぶったオリーブ畠《ばたけ》を下にくだっている。その道を籠《かご》を頭にのせた女が素足で歩いている。もしこの道が昔からあるなら、イエスは死の前日、ここを通ってエルサレムに入ったことになる。

穴から出てきた妻は髪に蜘蛛《くも》の巣をいっぱいつけ、鼻をつまんで、

「すごく臭くて……入るんじゃなかった」

と言った。


ベタニヤを出て、イエスが最後の晩餐を弟子たちと共にしたという家に向っている途中、私は昨夜、ホテルで眺めた御絵と、それを母におくったミュラン神父のことをふと思いだした。私が彼を思いだしたのは、最後の晩餐の時のユダの心理を歩きながら考えていたせいかもしれぬ。どんな信者も一生の間、年齢に応じてユダの気持を持っているのだ。少年の時は少年ユダの心を、青年の時は青年ユダの心を、そして今の私のように四十をすぎた男にはそれなりに初老のユダの心理が意識の裏側にべっとりひそんでいるのである。

中学生の私が知っていたミュラン神父は、三十五、六歳だったのだろうが、イエスのように栗色《くりいろ》のあご髭《ひげ》をはやしていたために、もっと、年をとっているように見えた。それよりも彼の一番大きな特徴は宗教画のイエスのように少しくぼんだ眼で、母は

「心がきれいだから眼もきれいなのだ」と言ったが、実際、私は彼からその葡萄色《ぶどういろ》の眼でじっと見られるのがこわかった。自分の心の内側を見すかされるような気がしたからである。

ミュラン神父が教会に赴任したのは、私が中学三年生の時だった。それまでこの教会にいた年とった日本人神父が病気で働けなくなったため、かわって御殿場《ごてんば》の癩《らい》病院から来たのだが、その話が決ると、母やその友人たちはすぐに今度の司祭についての話をどこからか聞きこんできた。

「とにかく、癩病人たちと寝起きをしながらその人たちのために尽したんだからね」と母は私に教えた。「普通の神父さまじゃできることじゃありませんよ」

私は彼が来る前からその経歴をほとんど知っていた。彼が日本に到着するとすぐに癩病院で働くことを志願したことも、彼をみると、どんな重症患者でも呻《うめ》き声をあげるのをやめたことも、その影響で洗礼をうける病人が急にふえたことも、母や母の友人たちから私は少し不安な気持で聞いていたのである。

この人が赴任してくることは、私にとっては少なからず迷惑だった。その頃私は、幼年時代、まだ素直に持っていた信仰を失いはじめていた。母の前ではなるほど昔の通りに、ミサや告解にかよったり、朝晩の祈りは続けているふりこそしていたが、学校での私は別の少年だった。私はクリスチャンであることをひたかくしにかくし、仲間と猥雑《わいざつ》な話をしたり、学校の帰り喫茶店で煙草《たばこ》をすうようなことを平気でやっていたからである。

教会にそれまでいた日本人の神父は年とった驢馬《ろば》のような、お人好《よ》しの善良そのものの老人だったから、そんな私の内側に気づく筈はなく、私がミサで祈る恰好《かっこう》をしたり、教会のバザーを手伝ったりすることだけで、すっかり良い少年だと信じこんでいた。

「あんたに……神学校に行って司祭になる気はないかって」

ある日、母は嬉《うれ》しそうな顔をして、私にこの老神父の言葉を伝えたものである。

「あたしは、まあ、本人の気持を尊重したいって、そう伝えといたんだけども」

私はそれを聞いて得意だった。そこまで信じこまれていることは重くるしかったが、しかし悪い気持がする筈はなかった。同時にうす笑いを浮べたいような衝動も胸のなかで感じていた。

だがミュラン神父が来れば、そういった私は見ぬかれるかもしれない。そんな不安がしはじめたのである。母によれば、心の清い人は、他人の心も見ぬくものであり、私は、それだけは本当だと考えていたからだ。

「へえ——。よく、最後の晩餐の家が残っていたものねえ。エルサレムに来た甲斐《かい》があったわ」

妻は、案内書に書いてある史跡を本ものだと信じきっている。これから見る遺跡も聖書に書いてある通りの最後の晩餐の家だと、思っているのだ。私は、義経《よしつね》の腰かけ松と同じさ、と答えようとして口を噤《つぐ》んだ。こっちは高い旅費を使って連れてきてやったのだから、わざわざ、彼女を幻滅させる必要もないと思ったのである。

家は国連の監視所のあるシオンの丘から遠くはなかった。今度の戦争の時にうちこまれた砲弾の痕《あと》が、監視所の壁に痘痕《あばた》のように残っている。ここはヨルダン軍が一度占領したため、イスラエル兵の猛攻撃を受けた地帯なのである。

ミュラン神父にはじめて会った時のことをはっきり憶《おぼ》えている。復活祭の日で教会のうしろの桜が満開だった。教会は汗ばむほどぎっしり信者たちが肩を並べていつもより緊張しながら彼のミサの間、跪《ひざまず》いていた。

ミサが終ったあと、庭で神父を歓迎するために皆が集まり、母やその友だちはお茶の接待で忙しかった。

神父は教会の役員たちにかこまれながら、信者たちの挨拶《あいさつ》をうけていた。母も私をつれて彼の前に行き息子ですと言った。

するると彼はその少しくぼんだ葡萄色の眼でじっと私を見つめただけで、そして何も話しかけようとしなかった。

今、思うと、それも別に彼に他意があったせいではないだろう。けれどもその時、私はなにか黙殺されたような気がして、自尊心が傷つけられたのである。というのは、その直後、神父は別の母親がつれて来た小さな男の子の頭をなでるとだきかかえて、自分にもこんな甥《おい》がいると信者たちに言ったからである。子供がかなり神父の髭をいやがって手足をばたばたさせると、皆は媚《こ》びるような笑い声をあげた。その笑い声も、私には気に入らなかった。

「あなたがちゃんと御挨拶しないからよ」

母もそれが不満だったらしく、みじめな気持でいる私を小声で叱《しか》った。

彼女は次の日から私を無理に起して朝のミサにつれていった。自分の息子が前の老司祭から神学校に行かないかと奨《すす》められたほど良い少年だと見せたかったのである。私も私で母と同じ心理から、殊更《ことさら》に熱心に祈るふりをしてみせた。しかしミサが終って母と私が教会の外に出ると庭を歩いていた神父はただお早うと言っただけだった。

最後の晩餐の家はユダヤ教の会堂《シナゴーグ》風の小さな建物だった。鉄門の前にフランス人や伊太利《イタリー》人の観光客が五、六人、集まっていて、八ミリのシャッターをしきりに押していた。早稲田《わせだ》の角帽のような帽子をかぶったガイドが出てきて我々を建物の中に導いた。

「この部屋でイエスはユダを入れた十二人の弟子たちと最後の食事をなさったのでありますす」彼は確信ありげに上体をそらせて皆を見まわし「それはちょうど過越《すぎこし》の祭の前で、彼はここで手ぬぐいをとって腰にまき、水をたらいに入れて弟子たちの足を洗ったのです」

嘘《うそ》を言えと観光客の一番うしろで私は妻に聞えぬよう呟《つぶや》いた。妻は眼をまるくして、落書の残っている壁や、会堂風の柱を見つめ、おずおずと指でさわっている。彼女は、かつてイエスがこの床を歩き、ここでしゃがんだと思い、本当に感動しているのである。その恰好が何だか餌《えさ》をついばむ鶏のようなので、私は笑いだしたくなるのをじっと我慢していた。ここが最後の晩餐の家だと実証した本をかつて読んだことはない。

最初、ミュラン神父のところに告解に行った時が一番、不安だった。告解というのはカトリック信者の義務の一つで、神父に自分の犯した罪を一つ一つ告白することである。

告解をするのは教会の隅の幕をはった小さな場所で、真中に金網をはった台がおいてあって、それをはさんで司祭と信者とが向きあうのである。

私は前の日本人の老司祭にも、本当の自分をかくしていた。煙草をすっていることも、猥《みだ》らな写真を見たことも、告解の時でさえ、言ったことはなかった。私はたんに母に知られても差支えないようなことしか打ちあけず、老司祭もそれ以上、たずねはしなかったのだ。

ミュラン神父と、はじめて、この小さな告解場で二人きりになった時、私は彼があのくぼんだ葡萄色の眼で、じっと私を見ながら、ラテン語の祈りをとなえだした時から、身がすくむ思いだった。

「さあ」

と彼はまだ黙っている私に、早く告白をはじめるよう促した。私はその時、彼の耳が顔にくらべて、ひどく大きいのに気がついた。その耳が私の一つ一つの言葉を聞きのがすまいとしているようにさえ思われてきた。

「さあ、はじめなさい」

私は勉強をやらなかったとか、祈りを怠ったとかいうような、当り障《さわ》りのない罪を一つ一つ並べたてた。頭の奥のどこかで、机の引出しにかくしてある一枚の写真のことがちらついていた。その写真のなかは、暗い翳《かげ》につつまれて男の体と女の白い体とが木の根のようにからみあっていた。しかしそのことを言うことはできなかった。

「それだけか」

私が黙っていると彼は静かな声でたずねた。

「はい」

彼は私をもう一度、葡萄色の眼でみつめ、ひくい声でラテン語のゆるしの祈りを唱えはじめた。

告解が終って、やっと外に出た時、私は陽の光が眼に痛いように思われた。ひどい自己嫌悪《けんお》と、そして、ミュラン神父の存在が自分にはやりきれぬもののように感じられたのである。

「その時、イエスは弟子をみまわされてこう言いました」案内人は右手の扉を指さして言った。

「『お前たちの一人が、わたしを裏切ろうとしている……』皆さんも御存知のそのお言葉のあと、ユダが出ていったのが、あの出口です」

すると、自動人形のように妻と他の観光客の眼とがその出口に一様にそそがれた。

支那《シナ》では戦争が拡《ひろ》がっていた。学校に新しい配属将校がやって来て三年生以上の軍事教練は今までよりも、もっときびしくなった。クラスのなかには陸士と海兵を受験しようとする連中の数がふえてきた。

ある日、急に服装検査があった。校庭に生徒を集めて教師たちが持物を調べるのである。煙草をポケットに入れている者や、女優のブロマイドを持っていた者は列外に立たされた。

教師は私が足もとにおいた定期入れや汗で黒ずんだハンカチの間から、小さな十字架のついたロザリオを引きずり出した。

「何や、これ」

体操の教師である彼はロザリオというものを始めて見たらしかった。

「アーメンか、おまえ」

それから彼は疑わしそうな眼で、長い間、私を眺め、列外に出ろと言った。そのあとで私は煙草やブロマイドを持っていた連中と一列になって教員室までつれていかれた。

「お前の場合は」と国語の教師はロザリオを返してくれながら渋い顔で「別にわるいもんを持っとったわけやない。ないが、天皇陛下のおられる国で、外国の神さんを拝んどる家庭は、どうかと思うな」

私は自分よりも母が侮辱されているような気がした。向うの席で新任の配属将校がこっちをじっと見つめていた。その教官にも礼をして教員室を出た。

学校では自分が信者だとは誰にも知られたくなかった。跪いたり、手を組みあわせたりして祈っている自分をクラスの誰かに見られるくらいなら、死んだほうがましだとさえ思っていた。

アーメンだとからかわれたくない一心で、学校では私はわざと信者の子弟ならば避けるような連中の仲間になった。そのなかには自転車のチェーンをふりまわして他校の生徒と喧嘩《けんか》するような連中もいたが、私がつきあったのは、むしろ陰湿な軟派の少年たちである。

肉体が大人に変化する時期だったから、この仲間のいつも話すことはそのことだけだった。私自身も母にはとても言えぬ体内の暗い湿った衝動に悩みだしていた。それなのにミュラン神父や教会の人たちはまるでそんな欲望を感じないような静かな顔をしているのがふしぎで、辛《つら》かった。仲間たちに馬鹿《ばか》にされぬため、はじめて西宮の遊《ゆう》廓《かく》にみなと行った時は、白く塗りたくった女から声をかけられただけでさすがに吐き気を感じ、逃げて帰った。が、そのくせ、その白い女の小さな顔が夢のなかにあらわれ、私を悩ませた。鏡をのぞきこむたびに自分がひどく醜い少年だと思った。

歴史の時間、鎖国の箇所をちょうど習っていた。教師は、基督《キリスト》教の宣教師たちは東洋の国を本国の植民地にするためにやって来た一派であり、基督教という宗教は白人が東洋人や黒人を征服する道具として作られたもので、それを見ぬいた日本の幕府は間違っていなかったのだと説明した。その教師は私が信者だということをもちろん知らなかったのだが、私は授業中、眼をふせ、一瞬でも彼から注目されまいと小さくなっていた。

学校に行っている時と、家に帰った時の私はこうして別々の少年だった。母も母の友だちの婦人たちもそんな私の本心には気づきはしない。はじめのうちはそれを誇るような気持もあったが、次第にそんな自分が嫌になってきた。私は私のことになると何もかも信じる母の顔をみるたびに、突然、自分はもう教会など行くのは嫌だと叫びたくなる衝動にかられた。

その衝動を私が押えたのは、母を傷つけることが辛かったからである。

ミュラン神父は相変らず私を黙殺していた。今、考えると、彼は生理的に私が好きになれなかったのかもしれない。色がくろく、にきびだらけで醜い顔だちをした私のような日本の少年を彼が可愛《かわい》がる理由はどこにもなかった。

人間には理由がないのにどうしても好きになれぬ相手がいる。ユダのことを思う時、私は、ユダは生理的に好感を持たれぬ顔の男だったのではないかと思う時さえある。

聖書のどの頁《ページ》をみてもユダは始めから皆に嫌われているからだ。

ミュラン神父から認められていないとわかると、私の心のなかに次第に彼にたいする憎しみが少しずつ起ってきた。私は、このくぼんだ眼で私をじっと見る男が私と同じような弱さをむき出しにすることを望み、それをもし出したならば心から軽蔑《けいべつ》してやろうと思うようになった。

ある日、あの告解室で、私がいつものように金網を隔てた彼に、眼を伏せながら差しさわりのない罪を一つ一つのべたあと、彼はすぐ許しの祈りを唱えずに長い間沈黙を守りつづけた。教会の中にも誰もいなかったから、その沈黙はいつまでも続いた。たえきれずに私は、

「それだけ……です」

と言った。私は顔をあげてはいなかったが、神父があのくぼんだ葡萄色《ぶどういろ》の眼でじっとこちらを見つめているのが痛いほどわかっていた。突然、彼はしずかな声で言った。

「自分をよごすようなことは……していないか」

その妙な日本語の意味は私にもすぐわかった。私は自分の体が震えるのを感じ、弱々しく首をふった。

「本当か。神さまに……嘘をついていないか」

「はい」

すると彼はようやく疲れたような声でラテン語の祈りをつぶやきはじめた。しかし私は、彼が本当の私を知っているなと感じた。教会を出た時、私は額が汗でぬれているのを感じた。ミュラン神父の存在が憎かった。

最後の晩餐《ばんさん》のあと、イエスは十一人の弟子と家を出た。既に城門はしまり、夜はふけていた。一同は街の外をぬけてケデロンの谷におりていった。そこには、オリーブの林が幾つもあり、誰にもとがめられずに一夜をあかすことができるからだった。二十年ほど前の発掘で、街から谷を結ぶ路《みち》の一部が発見され、それは私が読んだ幾冊かの本によると、確実にあの夜、イエスがゲッセマネの園にむかって歩いた路である。

昼食のあと、地図を片手に妻とその路を探すと、イエスが取調べをうけた大司祭カヤパの邸跡《やしきあと》のすぐそばにあって、長年、土に埋まっていたせいか、五十米《メートル》ほどの距離の発掘された石段は、欠けたり、罅《ひび》が入ったりしていた。

石段のそばに桃のような花がいっぱいに咲いている。それに無数の小さな蜂《はち》が群がっている。妻はアマンドの花だと言ったが、彼女の花の知識は当てにはならない。私は石段に腰かけ、右に見えるカヤパの邸跡の写真をとった。そこには古い教会と、古い井戸とが残っているだけである。

もしここが本当にカヤパの邸跡ならば、ペトロがあの夜、師のあとを追って鶏が三度鳴く夜あけまでうろついた場所である。そして朝の寒さに耐えかねて火にあたっていた彼はイエスという人は知らぬと強く首をふった。

四十歳をすぎてから私は次第に聖書のなかのこの場面に心ひかれだした。マルコやヨハネが書かずにルカだけが附《つ》け加えた一行の描写が特に好きになった。それはペトロがイエスを拒んだ瞬間「主はふりむいてペトロを見つめられた」という短い言葉である。ここを読むとなぜか母の顔を思いだすのだ。青年になって、私が自分は基督教をもう信じられぬと母に告白した時、彼女は烈《はげ》しく怒るかわりに、真底つらそうに、泪《なみだ》をいっぱいたたえた眼で私をじっと見た。私には……ペトロを見つめた時のイエスの眼がそんな眼だったような気がする。

あの告解の日以来、私はミュラン神父の存在がやりきれなくなっていた。彼だけが、私の本体を見ぬいて（神父の義務で決して誰にもしゃべらぬにしろ）いつも私をじっと観察しているような気がして、彼に出会うのもたまらなく嫌になったのである。母と一緒に教会で祈っているふりをしても、ミュラン神父は、それが外見だけであることを、知ってしまっているにちがいない。

あの小さな出来事があったのは、私が中学四年になる前の冬である。私は母とミュラン神父のあげているミサを聞いていた。日曜日ではないから、周りには五、六人の婦人たちと年寄りとが跪《ひざまず》いているだけで教会の中は寒く、暗かった。

ミサが終りかけ、神父が祭壇に身をかがめて終末部のラテン語の祈りを唱えだした時、突然、背後で烈しい音がした。びっくりしてふりむくと、頭を坊主《ぼうず》がりにして国民服を着た眼のするどい男が、伝道師の老人にとめられながら入口に立っていた。「ミサがすぐ終るさかい、あとで、話しましょ」

「あんた、待って下さい」伝道師は泣きだしそうになっていた。

我々の視線を受けて、男は余計、肩を怒らせた。この時局下に外国人の教会にくる私たちを日本人かと彼は怒鳴っていた。

半ば怯《おび》えながら、しかしそれ以上の快感と好奇心とのまじった気持で、祭壇の前に棒立ちになっているミュラン神父を私は見た。彼がこの男を叱《しか》りつけ、つまみ出すかどうか、見たかったのである。男のわめいている日本語が神父にわからないはずはなかったからである。

だが、神父はその時、身動きもせず、驚きと恐怖にゆがんだ顔でこちらを見つめていた。私はその顔をまだ、はっきり憶《おぼ》えている。靴音をたてながら男が外につれ出されたあともミュラン神父はしばらく祭壇の前にじっと立っているだけだった。

私は母と一緒に外に出た。男の姿はみえなかった。

「早く帰りましょう」と母は私を促し、我々は逃げるように急ぎ足で教会の門を出た。

次の日曜日、祭壇の横に日章旗が立っていた。そんなことは今までなかったのである。説教の時、ミュラン神父は我々に言った。

「今日から、私たち信者も、毎日、戦争に行っている兵隊のために祈ることに決めました」


すり鉢の底のようなケデロンの谷を我々夫婦がのろのろ歩いていると、アラブ人の子供たちが金を乞《こ》いながらいつまでもうしろから従《つ》いてくる。どれも裸で、一人の女の子の唇にはおできが出来ている。蠅《はえ》が汗ばんだ私の顔のまわりをかすめる。

エルサレムの街を囲んだ褐色の城壁は高くて威圧的だ。イエスの時代にはこの城壁は今の二倍だったと本で読んだことがある。

谷のむこうの柔らかな白っぽい丘と、その丘に黒い点のように植えられたオリーブの林は当時も同じだったのだろう。蟻塚《ありづか》のような二つの塔が、我々の歩いている方角に見えるが、それが旧約に出てくるアブサロムの墓だ。そしてゲッセマネの園はそのアブサロムの墓をすぎて百米ほど歩いた地点にある。

もっとも、ここだって、本当にイエスが捕縛されるまで弟子たちと夜をすごした場所かどうかわからない。偶然、そこにオリーブの老木が数多くあったから、後年そこがゲッセマネだと推定したにすぎぬ。私が妻にそれを言うのを黙っていたのは、折角、ここまで連れてきてやったのに、何も彼女をがっかりさせる必要はないと思ったからである。

しかし、イエスがその夜、自分の運命を待っていた地点は、いずれにしろ、この谷のどこかだ。ユダがその地点をよく知っていたのは、そこがいつもイエスたちの寝場所ときまっていたからだとある学者は言っている。ユダにつれられた男たちの持つたいまつの火が闇《やみ》のなかを谷のむこうから近づいてくるのを、イエスがじっと見つめていた姿が私の眼にうかぶ。

米国との戦争がはじまった翌年一月、ミュラン神父は突然、特高の刑事たちに連れていかれた。敵国外人のためである。

あの日、私が学校から戻ると、家の気配がおかしかった。二、三人の婦人が来ていて、彼女たちはまるで自分が見たように、その時の情況を母に教えていた。

「それがまあ、トランクは一つだけですねん。それ以上、持ったらあかんと刑事が言うて、車にすぐ乗せて。神父さんも覚悟してはったらしいですわ、伝道師さんに、うなずきはって、何にも言わんと、行きはったんやさかい」

私はすぐ教会まで走っていった。いつもと同じように教会に陽があたり、門の前では近所の子供が遊んでいた。聖堂の扉は鍵《かぎ》があいていて中にはいると何列にもならんだ祈禱席《きとうせき》には誰もいなかった。夕暮の光が左側の窓からさしこんで、すべてが空虚で静まりかえっていた。

私は神父が警察につかまった驚きよりも、一種の解放感を——これで俺の本体を知っている人がいなくなったという、安心感のほうを強く感じて立っていた。もう、この教会にくる人のなかには私の別の姿を知る者は一人もいなくなったのだという安心が胸にこみあげていた。そしてその解放感にも似た気持を味わうため、祈禱席の一つに腰かけて、私はしばらく、じっとしていた。外で遊んでいる子供たちの声のほかは何も聞えなかった。毎朝ミュラン神父がミサをたてる祭壇は花もなく、うつろに六本の蠟燭《ろうそく》が立っていた。窓からさしこむ光線のなかに無数のほこりが見えるような気がした。

エルサレムに着いてから五日目、我々夫婦は、北にむかった。イエスの故郷ナザレを見た後、彼が一番、愛したガリラヤの湖のほとりを歩くためである。

晴れた日が毎日続き、私たちの泊ったキブツ経営のモテルの正面には、穏やかな湖が拡《ひろ》がっていた。朝になるとペトロたちがそうしたように、漁師たちの舟が湖の真中で網をながすのが見えた。夕暮になると湖のむこうのシリヤの連山が強い夕陽をうけて薔薇《ばら》色《いろ》にそまった。私たちはカペナウムやマグダラなど、聖書のなかで長い間、なじんできた場所を、一つ一つ歩きまわった。

カペナウムのちかくにやさしいなだらかな丘があった。その丘には私たちが行った時、牛乳をこぼしたように羊の群れが草をたべているのが見えた。頂に修道院があって、そこには仏蘭西語の話せる修道女たちがいた。その丘が、その修道女たちの説明によると、イエスがあの山上の説教をした場所なのだそうである。私は母にむかって「やっと来ましたな」と言った。母は聖書のどこの場所よりもここに来たがっていたのである。クローバと赤い花の咲いている斜面に腰をおろして、私は母が聖書のなかで傍線を引っぱり、赤鉛筆で丸をつけていた山上の教えをひとつひとつ、妻と唱えた。私が「幸いなるかな、柔和なる者」と言うと、妻は「幸いなるかな、心のきよき者」とつづけた。

（「群像」昭和四十四年十月号）

巡礼

ローマからテル・アビブに向う機内で二人の日本人と一緒になった。

いずれも矢代と同じようにイスラエルに行くのである。日航がサービスにくれた空色のバッグを狭い足もとにおいた中年男は農場《キブツ》視察が目的だそうだが、途中で仲間たちと別れてきたとかで、

「なに、視察は名目ですわ。そう言わんと、みんなに恨まれますねん」

飛行機に乗る直前に一杯ひっかけてきたとみえ、話す息が酒くさい。

窓ぎわの青年は逆にエルサレムで日本から来た聖地巡礼団に合流すると言った。その巡礼団よりは一足さきに巴里《パリ》に飛んで、仏蘭西《フランス》のあちこちを見物してきた基督《キリスト》教大学の学生である。それをきくと中年男は白けた顔になり、

「お宅さんは……」

白けた中年男の気持がわかるだけに、矢代は少し当惑したが、さりとて嘘《うそ》をつくわけにもいかず、

「私もこちらの学生さんと大体同じような目的なんです」

と答えた。途端に相手はさっきよりももっと気まずそうな顔をして膝《ひざ》をさすりなが

ら、

「アーメンか。あんたらは……」

とつぶやいた。

矢代は今まで、彼が曲りなりにも信者だと知ると、他人がすぐ見せる白けた顔には馴《な》れていたものの、この時も一種の軽い屈辱感を感じた。それは子供の頃、転校した当日、学校で味わわねばならなかった気持に少し似ていた。

晴れた穏やかな空だった。白い雲を突きぬけると四方は青空になった。座席の上の小さな電光文字が消えた時、中年男はベルトをはずしながら、

「始めての外国旅行やけど、言葉はわからんでも気合いで通ずるもんでんなあ。ぼくはずっと日本語で通しましたんや。ただ、あっち、こっちで、オリーブ臭い洋食ばかり食わされて閉口しましたわ。アテネが一番ひどい」

「ギリシャにも寄られたのですか」

「それが、あんた、ポン引にだまされましてな。ビール一本飲んだだけやのに一万円近い金をとりよって」

自分たちのほか誰も日本語がわからぬのに声をひそめ、

「場末の地下室のうすぎたない店でんねん。女が四、五人、おりましたわ。淫売《いんばい》やね。

こいつらが」

矢代はその女と寝たのかと聞くのがサービスだとは思ったが、巡礼団に加わるという窓ぎわの学生を気にして質問をひかえた。

学生のほうはアーメンと言われたのが癪《しやく》に障《さわ》ったらしく窓に八ミリを当て知らん顔をしている。東京のプロテスタントの教会などに来る若い連中によくある小悧巧《こりこう》なスピッツのような顔だ。矢代は自分も一応は信者のくせに、日本人信者たちのスピッツのような胡散《うさん》くさいニセものの顔に嫌悪《けんお》をいつも感じる。

「考えてみれば一万円のなかにおねんね代も入っとったんやから、高うはないんやが」

中年男は矢代が黙っているので仕方なしに前の座席についている袋をのぞきはじめた。飛行機はハイウェイを走る車よりももっと静かで、今、スチュワーデスがあまり数の多くない乗客に紙のコップを配りはじめた。

「ぼくも創価学会の知り合いがおって、入れ入れと言われますけどね、どうも宗教は苦手やな。まして、アーメンのほうは外国の宗教やさかい」

学生は何か言いたそうにスピッツのような顔をこちらにむけたが、すぐ眼をそらせた。

「私も、まあ、信者は信者ですが……」

と矢代はつくり笑いをうかべながら、

「若気の過《あやま》ちがずっと続いているようなもので……」

これでは弁解にもならぬ弁解にちがいなかった。なぜ、こんな時、いつも、自分が信者であることを恥じるようなことを言うのだろう。創価学会の信者なら、胸をはって自分が学会員だと宣言するだろうに。俺がアーメンであるのを恥ずかしがるのは、日本での信者がみんな女と寝たことのないような顔をしているからだろうか。それともずっと昔、戦争中に、同級生や教師からまるで日本人ではないかのように言われた思い出が残っているせいか。それとも基督教信者であることはまるで偽善者の代名詞みたいに言われているからか。確信がないからだ。結局、神について俺には何も自信がないからだとスチュワーデスがくれた紙コップを手でまわしながら、矢代はぼんやり考えた。

「イスラエルでは、どんなもん、食わせるんやろ」

「あそこはアラビヤ料理でしてね。袋みたいなパンに色々な野菜や魚を詰めたのを食うんです」

「へえ、するとお宅さんは、一度、こちらに来られたことがあるんですか」

矢代は首をふった。本当はイスラエルに行くのもこれで三度目だが、今まで、この聖地をたずねても、彼は一向に確信がつかめず、日本に戻っても卑屈な態度から抜けきれなかった。

「テル・アビブには中華料理店ぐらい、ありまっしゃろな」

知らぬと言うと、中年男は、しばらく酸素マスクのつけ方を書いた英文の紙を手で弄《もてあそ》んでいたが、やがて席をうしろに倒して眠りはじめた。面倒くさくなって眠ったふりをしたのかもしれぬ。

いつ来ても、テル・アビブの田舎くさい飛行場のまわりは変りない。トランクをさげて暗いターミナルから出ると、突然、錫《すず》をとかしたような白い光がまぶたにぶつかってくる。客を奪いあう運転手の大声がきこえる。うす穢《ぎたな》い老人に似たユーカリの木が広場をとり囲んでいる。広場の真中に旅行案内所のバラックが二軒ならんでいる。はじめてここに来た時そのバラックに寄ったことがあったが、壁になぜかコカコーラの古いポスターがはりつけてあった。

テル・アビブに行く中年男とここで別れて、矢代は基督教大学の学生と古ぼけたタクシーに乗った。中東戦争で良い乗用車は徴集されたので、どれもこれも年をくったフォードかフィアットだ。

「失礼ですけど」

運転手は車のラジオをつけた。すると「黄金のエルサレム」という二度目にここに来た時もよく耳にした音楽がまた聞えてきた。部落のような町なみをぬけると、白っぽいねじくれたオリーブの樹《き》が両側につづく。学生は彼に小説家の矢代かとたずねた。信者かとたずねられる時ほどではないが、見知らぬ人に自分が小説家だとさとられると彼はいつも困惑した気持を味わう。

「そうじゃないかと、ローマから思っていたんです。取材ですか」

「いいえ」

「いやでしたね。さっきの日本人」

学生はまるで矢代の感情がわかっているような言い方をして、

「ああいう連中が意外と多いんです」

彼はそれ以上このスピッツのような顔をした学生から自分の内部を不躾《ぶしつけ》に掻《か》きまわされたくなかったので、

「聖地巡礼団はどこの企画ですか」

「日本基督教公団です。西尾先生なんかがリーダーで……御存知でしょう」

矢代はそのプロテスタントの学者の名は聞いたことはあるが、会ったことはないと答えた。事実、西尾という神学者を知らない。ただ彼の悪い癖で、神学者という日本語らしからぬ言葉から、もうその相手に、この学生を年とらせたような老いた洋犬のイメージを浮べてしまう。

「何処《どこ》をまわるんですか」

「まず、エルサレムを見物します。ベトレヘムもナザレもガリラヤも廻ります。基督の歩かれたところは……全部巡礼します」

学生はツーリスト・ビューローの社員のように、一つ一つの行く先を区切って発音した。

さっき過ぎたオリーブ畠《ばたけ》にかこまれた白い小さな部落――あそこもイエスが通った場所ですよと言いかけて、意地悪な気持から矢代は黙った。それは彼が二度の旅行でやっと知った知識の一つだったので、こんなスピッツのような学生や巡礼団の連中に教えたくはなかったのだ。

「イスラエルって言うけれど、仏蘭西の田舎みたいな風景ですね」

学生は八ミリを窓から出してシャッターをいつまでも押している。こちらが聞きもしないのに、この写真は日本に帰って「クリスチャン学生の会」という集まりで見せると言う。

「巡礼団はこの会の友だちが大部分なんです。でも参加できなかった人たちは気の毒ですから、この映画を撮っておくんです」

と学生は得意そうに言った。

（君はトルコ風呂《ぶろ》に行ったことがあるか）と矢代は突然、彼にたずねたい衝動にかられた。

（いえ、行きません）

（行きませんじゃなくて、実は行けないのだろう）

もちろん口には出さなかったそんな質問が頭に浮んだのは、自分がこの学生と同じ年頃に一つのいやな記憶があるからかもしれぬ。

はじめて新宿の青線に出かけた時のことだ。

あれは何かのコンパのあとで、彼は無理矢理に三、四人の友人にそこに連れていかれた。友人たちはアーメンである彼を苛《いじ》めようという気があり、彼は彼でそのアーメンであるゆえにかえって負けまいと言う気持から、平気を装《よそお》ってあとをついていったのである。

飲屋のような家だったが、どんな入口だったかもう記憶は確かでけない。憶《おぼ》えているのは、階段を昇る時ぎいぎいと軋《きし》んだことと鏡台と簞笥《たんす》のある二階の小さな部屋があったことだ。畳がうすよごれて黒ずんでいた。電燈《でんとう》も暗かった。女は階段をぎいとならしながら氷イチゴを持ってきてくれた。あれは夏だった。

「たべなさいよ」

その声は少し嗄《しわが》れていて、嗄れた声は病気のためではないかと不意に考えると、彼はもう氷イチゴの匙《さじ》を口に入れる勇気さえなかった。

「たべなさいよ」

窓の下でアイスキャンデーを売る鈴の音が聞えた。小さな粗末な鏡台と安物の簞笥とを、病菌がそこについているように彼はこわごわと眺めた。

「ぼくは遊ばないよ。代金を払うから、帰してくれ」

女は黙って横をむいた。こちらの感じていることをそのまま女は嗅《か》ぎとったにちがいなかった。

何でもないと言えば何でもない思い出だが、女のその時の小さな顔は後になって彼の胸を時々、痛くさせる。友人たちのまだ残っているあの家を、気づかれぬように出た時、矢代はほっとした。信者として罪を犯さないでよかったと思った。だが、自分のとった態度がどんなにうすぎたないものかを気づくには、その後、歳月を要した。

とが、どんなに卑劣な罪かわかるまでには、病気やその他の痛い目がいった。聖書であの頃の彼のような男こそパリサイ人と呼んでいることがわかるまでには年数がいった。

ユーカリの並木がしばらく続くと必ず白い小さな部落をすぎる。イスラエルの兵士を載せたジープが時折、向うから走ってくる。部落をぬける道を少年につれられた羊の群れがゆっくり横切っていく。そのたびごとに、学生の押す八ミリの音がまひるの蠅《はえ》の羽音のようにしばらく続く。

「そんな羊など、仏蘭西でも見たでしょう」

少し皮肉をこめた矢代に、

「いえ。羊は羊でも……ここのは聖書に出てくる羊でしょう」

学生は、鈍感な人だと言う表情で、

「我はよき牧者なり。牧者はその羊のために命を捨つですか……。ぼくはあの句が好きなんですが……」

(羊はなにもイスラエルでなくても……日本にもいますよ)

夕暮の新宿駅の雑踏や人々のくたびれた顔が矢代の頭にうかんだ。

ホテルの窓から遠く夕陽の照った荒野が見えた。花崗岩質《かこうがんしつ》の白っぽい丘陵が波のようにうねってその彼方《かなた》に夕陽に薄桃色にみえる地帯がのぞいている。そこがかつて洗者ヨハネが人々を集め、イエスがそれに交って修業した所なのだ。

通りすぎる雲が丘陵に影を落す。窓いっぱいに見える風景は夕陽のあかるく照った部分と、つめたく翳《かげ》った部分とに急にわかれる。

見晴らしは気に入ったが、少し困ったことには、予約したホテルがあの学生や日本から来た巡礼団と同じ宿である。

さっき、車がホテルにつくと玄関に「日本巡礼団」と大書した紙をもった日本人の男女が四、五人、入口に立っていて、まるで遠い旅から戻ってきた肉親を迎えるように車からおりた学生に駆けより、手までさしのべた。

学生から矢代のことをきいたのか、好奇心のこもった眼をこちらに向けた。玄関に入ると、どこかから聖歌を日本語で合唱する男女の声がながれてきた。

外人の客たちは微笑しながらその合唱のする方向を眺めている。矢代はフロントで急いで記名するとボーイに鞄《かばん》も運ばせず、すぐエレベーターに乗った。

棕梠《しゅろ》の葉手にもち　迎えよ主を
よろこびのほめうた　高らかに歌え

天地を統《す》べる　ダビデの末よ
ろばにまたがり　エルサレムへと

窓はしめてあるのに日本巡礼団の合唱は矢代の部屋まで伝わってくる。どうして、ああ言う歯のうくような歌を歌うのだろう。子供の時から讃美歌《さんびか》を聞くと彼は時々、硝子《ガラス》を釘《くぎ》でひっかかれた時のような身震いを感じることがあった。讃美歌とか、神父のもっともらしい話とかは矢代の基督教にたいする信仰を強めるどころか、それを冷却するために役だった。

（それなら……棄《す》てればいいじゃないか）

矢代は今日まで幾度も口に出したこの言葉を呟《つぶや》く。讃美歌や説教だけではなくアーメンの匂《にお》いのするもの、硝子を釘で引っかいたような感じのするすべての物、スピッツのような顔をした連中、我はよき牧者なりという気障《きざ》な言葉、それらを含めた一切のものを棄ててしまえば万事が片附《かたづ》く筈《はず》なのに、彼は長い歳月、結局は棄てられぬ自分を知っていた。もし基督教の家庭などに生れねば、俺は一九《いっく》の膝栗毛《ひざくりげ》に出てくるあんな人間になろうとした男なのだ。最もアーメンに縁のないような人間に、なぜアーメンはとり憑《つ》いたのだろう。

これ以上、歯のうくような讃美歌を聞きたくなかったので、シャツを着かえて外出の支度をした。巡礼団の日本人たちはロビーのあちこちのソファに集まったり、絵葉書売場の前にかたまっている。

茜色《あかねいろ》の夕陽がホテルの下に絨毯《じゅうたん》のようにひろがるエルサレムに光を投げていた。回教寺院のドームがとりわけその光をまぶしく反射している。この寺院のある四角い広場はかつてイエスが商人を追い払ったダビデ神殿の跡である。羊の門の前に外車が一台停っている。城壁も陽をあびて粘土のように赤かった。

天地を統べる　ダビデの末よ
ろばにまたがり　エルサレムへと

矢代もまたそのろばにまたがった男と同じように狭い道が蟻《あり》の巣のなかのように錯《さく》綜《そう》している町に入った。布を頭にかぶったアラビヤ人たちが大きな壺《つぼ》を足もとにおいて長い水煙草《みずたばこ》の管をくわえていた。籠《かご》を頭に載せた黒衣の女が暗い洞穴のような入口から煙のように出てくる。壁に片手をあてて杖《つえ》をついた盲《めくら》の老婆《ろうば》が歩いていく。街はイエスの時代と同じように臭く、きたなく、そして夕暮の奇妙な哀《かな》しさと静かさとがあった。

三度目の旅で矢代は今は何処に何があるか、手にとるように知っている。夕陽が壁に染《し》みをつけている古ぼけた建物は、今は小学校だが、二千年前は、そこはイエスを裁いたピラトの官邸だった。建物のどこかで子供たちが遊んでいる声が、彼に自分の孤独だった小学校の放課後を思いださせた。

ピラトがどんな顔をして、どんな服装をした男だったのか矢代はわからない。彼が想像するピラトは小心な生真面目《きまじめ》な男なのである。ローマから占領地のユダヤに派遣された監督官というから、戦後の日本に赴任した米軍司令官のようなものだったのだ。そのピラトの前に、ある日、瘦《や》せこけた哀れな男が引きずり出されてきた。瘦せた哀れな男はどう見ても罪を犯したとはピラトには思えなかった。だがユダヤ人たちは官邸の前に集まりこの男を殺せ、殺せと叫んでいる。生真面目なピラトは困惑し、迷い、騒ぎをしずめるだけのために、その男を群集に引き渡した。街の秩序を保つためには、この瘦せた哀れな男を処刑するのもやむをえないと思ったからである。小心な彼は自分の監督としての地位をみすぼらしいこんな男のために失いたくはなかったのだ。

小学校の壁には幾つかの落書があった。日本の子供たちと同じように、ここの子供たちも顔や性器を下手糞《へたくそ》な線で描いていた。夕陽の染みがその下手な性器に表情をつくっている。矢代は迷惑な話だと呟いた。ピラトにとっては自分の官邸に連行されたこの痩せた男は迷惑至極な存在だったのだ。できればそんな男に係わりは持ちたくなかったのである。それなのに男は彼の人生のなかに紛れこんできた。ピラトの感情を無視して紛れこんできた。

夾竹桃《きようちくとう》の花の咲いている阪神の教会のことを矢代は思いだす。小学校二年の時、彼は自分と同じような仲間と一列に並ばされて洗礼を受けた。子供の彼には信仰など何もわからなかった。母親がそう命じたから日曜学校に通い、ハイキングやバザーの菓子につられ、結局、受洗したにすぎぬ。痩せた哀れな男はピラトにたいすると同じようにその日から矢代の人生にも勝手に紛れこんできた。

迷惑な話だ。あなたはなぜ、まるで遠い国から戻ってきた親戚《しんせき》のように狎《な》れ狎《な》れしく私の人生に係わりを持つのですと矢代は夕陽の染みのついた壁に向って囁《ささや》く。あなたが紛れこまなければ、私は弥次《やじ》喜多のような世界で呑気《のんき》に生きることだってできたのだ。アーメンに最も縁のないような人間である私の肉体に、なぜ、あなたはとり憑《つ》いたのですか。

城壁にそって歩いた。塔の下にたつ。この塔の場所にヘロデ王の館があったのである。ヘロデがどんな顔をして、どんな服装をした男だったのか、矢代はわからない。小さい時、母につれられて見た「ゴルゴタの丘」という映画で、ヘロデはまぶたの肉がたるみ馬鹿《ばか》のように少し口をあけた男だった。その顔から、矢代はやがてヘロデをいつも何かに怯《おび》えながら快楽にふけっている男のように想像するようになった。この王はサロメにそそのかされて洗者ヨハネを殺したが、いつもヨハネの暗い姿に怯えていた。そして瘦せた哀れな男が群集の手によって自分の前につれて来られた時、彼はヨハネの姿をそこに見るような気がしたのである。だから彼はその思い出を消すためにも、この男の処刑に反対しなかったのである。

矢代がアーメンの臭《にお》いのするものを棄てられぬのは、死んだ母の姿につながっていた。母はヘロデをじっと見つめたヨハネのように彼にとっては辛《つら》い存在だった。母が生きている間、彼は彼女をわざと傷つけたり、反抗したりしたが、自分を悲しげにじっと見つめる母の眼はそのたび毎《ごと》に矢代の胸を痛くさせた。彼女が死んだあとも、その眼はやはりどこからか彼をじっと見つめていた。

眼。悲しげな眼――今、矢代はペトロが鶏の鳴く前に、瘦せた哀れな男を否定したカヤパの邸《やしき》の跡に立っている。

夕陽は既にしりぞき、誰もいないこの場所には笠松《かさまつ》の枝が風にかすかに鳴っている。松ぼっくりが、靴にふまれて乾いた音をたてる。遠くから単調な、もの憂《う》いアラビヤの音楽が聞えてくる。この場所でペトロは瘦せた哀れな男と自分とは関係がないのだと皆に言い張った。するとその男は人々に引かれながらペトロを遠くから悲しげな眼でみつめた。あなたは結局そのペトロを許された。ユダには首をくらせたのに、ペトロなら許された。なぜあなたはユダを許さなかったのか。私にはそれがわからない。もしユダも許されたと聖書に一行でも書いてあったなら、長い長い歴史の間に、どんなに多くの人がほっとしたことでしょう。

闇《やみ》が忍びより、犬の吠《ほ》える声が遠くでする。矢代はくたびれた足を曳《ひ》きずってホテルに戻った。灯のうるんだホテルは遠くから見ると、夜の海にうかぶ船のようだ。玄関に入ると、巡礼団の日本人たちは相変らずロビーの椅子《いす》や絵葉書売場にかたまっていた。

客のほとんど引きあげた食堂で食事をとった。背の高いアラビヤ人のボーイが一人残っていたが、早く仕事を片附けたいらしくデザートのあとの珈琲《コーヒー》をはぶいてしまった。オリーブ油の臭いのしみたサラダを食べながら、機内で会ったあの日本人の中年男のことを思い出した。

部屋に戻って、することもなく、ぼんやり腰かけていると、扉を誰かがノックする。スピッツのような顔をしたあの学生だった。そのうしろに、右の頰に大きなしみのある老紳士と三、四人の青年たちが海草のように立っていた。

「お邪魔でしょうか」

邪魔だとは言えぬので仕方なしに部屋に入れると、

「こちらが巡礼団のリーダーの西尾先生です」

右の頰にしみのある老紳士は日本と同じように、黒い名刺入れから名刺をゆっくり出した。神学大学教授という肩書を矢代はちらっと見てポケットに入れた。

「本当に前からお目にかかりたいと思っていたんですよ」

神学者は慇懃《いんぎん》だが押しつけるような声でそう言いながら、矢代の小説を一冊、読んだことがあると附け加えた。その小説はできれば読んでもらいたくない小説の一つだった。彼にはそれだけではなく他人の眼にはあまり触れられたくない小説が何冊もあった。

「さっき散歩に行かれたのをロビーでちらっと拝見しましたよ」

ひどく慇懃だが、何かを押しつけてくるようなこの声——この声に矢代は日本で馴《な》れていた。それは信者に話しかける時の牧師や神父の声だ。いつも教え諭《さと》すようなこの声。ミサの時や説教壇からだけではなく、どんな時も、彼等はふしぎにこの声で話す。

「何処《どこ》と何処に行かれましたか。私たちも午後、みなで街の中を歩いてきましたがね」

矢代が煙草をすすめたが神学者はゆっくり首をふり、膝の上で祈禱《きとう》でもするように手を組んだ。皆が坐《すわ》る椅子がないので学生たちはベッドの上に雀《すずめ》のように並んで神妙に腰かけ、話を聞いている。

「ピラトの官邸とヘロデの館《やかた》と、カヤパの家。時間があまりなかったもので」

「ベトレヘムやベタニヤは行かれませんでしたか」

「ええ」

私が歩いたのは、あの瘦せた哀れな男を裏切ったり裁いたりした人間のいた所だけです、と矢代は心のなかで言いかえした。今のところ私には彼が生れたベトレヘムも、彼が楽しく友人と交わったベタニヤもほとんど興味がないのです。私に興味があるのは、日本人から金を巻きあげたいかがわしい酒場や、そこにいる女たちや、ピラトや……。

「もっとも、申し訳ないがあなたの行かれた場所は考古学的には怪しいものでしてねえ」

西尾氏は矢代のひそかな独りごとも知らず、うしろの学生たちをふりむいて、

「この諸君にもさっき説明しておいたんですが、エルサレムのそうした遺跡には確実性のないものが多いんですから。何しろ当時のエルサレムは今の街の地下数尺に埋もれていましてねえ」

「今日、皆で行ったゴルゴタの丘やギボンの池はどうなんです」

ベッドに腰かけている度の強そうな眼鏡をかけた学生がたずねると、神学者は膝の上に組んだ指を動かしながら、

「それは学問的に確かです。学問的に確かなものしか君たちに今度は見せないよ」

学生たちは一斉に笑った。その笑い声には西尾氏に阿《おもね》るような響きがあってなんだか嫌だった。

学生を前にしてこの人が、自分に優越感を示そうとしているのも彼には少し不愉快だった。確かなものというその言葉が矢代の頭に後味のわるさを残している。確かなものしか認めない傾向が矢代のまわりや友人にありすぎた。そのくせお前だってその

確かでないかもしれぬものに結局は確信を抱けずに洗礼以来二十年を費やしたじゃないかと、彼は神学者が尺取虫のように動かしている指を見ながら考えた。

「でも、ぼくら小説家には別に学問的に確かでなくってもいいんです」

「そうでしょう。だから小説家のKなぞ、私の大学の友人だが……始終、偽物《にせもの》の骨董《こっとう》を摑《つか》まされて悦《よろこ》んでいますよ」

するとまた阿るような小さな笑い声が起った。神学者は矢代に自分たち巡礼団に加わらないかと言った。

「お供したいですがね。三、四日しかいないので」

矢代は眼をしばたたいた。彼はそういう仕草をして心を人に見られまいとする癖があった。

「お忙しいからね。小説を書く人たちは」

神学者は学生たちをちらっと見た。沈黙が少し続いた。度の強そうな眼鏡をかけた学生が、咳《せ》きこむような口調で、

「西尾先生、今、確実なものと言われましたが、たとえばですね……今日、ぼくらの行った基督昇天の場所など……」

「ああ」

「もちろん、あんな場所なども学問的に出鱈目《でたらめ》でしょうけど、イエスの復活のことなんか、どう考えたらいいんでしょう」

「どう考えたら良いかと言うと？」

「つまりですね、イエスの墓に天使がたっていて、中に一枚の布しか残っていなかったという話が聖書に載っていますが」

「ああ、載っているよ」

「つまりですね、そういうことをどう解釈したらいいのですか」

膝の上に組んだ両手のなかから二本の人差指だけが上をむいて動いた。それから、あの諭すような声で神学者はゆっくりと、

「聖書のなかのそういう話は象徴的に考えなさいよ。いいですか。その時代の人の感覚で書かれているんですから。イエスの復活ということはね、イエスが死んだあとも、その教えが人々の心のなかに強く新しく……生きはじめたと言うことですよ。そうでしょう。矢代さん」

「ええ」

促されて矢代はまた眼をしばたたきながら、かすれた声をだす。そのくせ、そうじゃないと心のなかで反撥《はんぱつ》していた。そんな辻褄《つじつま》の合った話はもう俺は聞きあきた。あ

たらしい神学がどんなものか知らぬが、そんな合理的な解釈にはもうくたびれた。聖書に書いてあるままに、天使があらわれ、墓に布一枚を残してイエスが昇天していった話を素直に信じられたらどんなにいいだろう。彼はむかし素直にそれを信じて教会に来る年寄りや女たちを軽蔑《けいべつ》していた。だが今は、その人たちにまじりミサにあずかるたびに、羨望《せんぼう》と、劣等感とを味わうのだった。

矢代が話にのっていかぬので学生たちはまた黙った。近眼の学生がまた口を開いて、

「矢代先生などは、たとえばですね」

「ええ」

「矢代先生などは基督者と社会悪などをどう考えられますか」

神学者の前で先生とよばれて矢代は、また眼をしばたたいた。

「たとえばですね。現在、ベトナムなんかで戦争やっていますね。教会がそれを傍観してますし、長いあいだ社会悪や政治悪を傍観してましたね。その点、どう考えられますか」

ほかの学生たちはこの時、矢代のほうに、電線に並んだ雀のように同じ表情を急に向けてきた。まるでそれによって矢代の誠実さをテストするような顔つきだった。

「君、戦争に反対し、戦争をなくすようにするのが、今日のクリスチャンの義務だよ。

それは日本キリスト教会でもはっきり宣言しているでしょう」

神学者が突然横から彼にかわって口を出したので、矢代は驚いて顔をあげた。西尾氏はこちらが当惑しているのを見て、助け舟を出してくれたのかもしれぬ、しかしこの時彼は自分の気持が無視されたような気がした。たとえ、それが信仰や人生についてこの神学者のように確実なものが一つもない、劣等感にみちたものでも、指を触れられるのは嫌だった。膝《ひざ》の上に組んだ尺取虫のように動く指でいじられるのは嫌だった。

「確信がないんです。ぼくには」

「なにがですか」

「つまり、そういうことに……」

みなが急に白けた顔をしたのがわかった。その表情は機内で彼をアーメンと知って胡散《うさん》臭そうにみたあの中年男を思いださせた。

「ぼくにはそういうことを言うクリスチャンが、時々、なんだかインチキ臭く思えて」

また、馬鹿なことを俺は口に出した、と思ったがもう仕方なかった。彼はもがけばもがくほど這《は》い出られぬ泥沼に入ったような気がした。

「よくわからないんだが、そういうことを自信ありげに言える人が羨《うらや》ましいけど……信用できないんです」

「どういう意味でしょう。それは」

神学者は開きなおったようにこちらを向いた。

「戦争に反対したり戦争をなくすように努力する人間が、偽者だ、と言われるのですか」

「いや、ぼくは信者の場合だけを言っているのであって」

額に汗がにじむのを感じながら、

「クリスチャンならそう言うことを軽々しく言えないような気がして」

「わからないな。なぜでしょう」

「なぜと言われると、困るんですが……その……基督教徒になることは、つまり……負けるが勝ちということを、結局、この地上や世界では負けることを認めた者のような気がするもんですから」

負けるが勝ちという言葉だけで自分の気持が相手に通ずる筈《はず》はなかった。それに彼にはこのことについても他の信仰のことと同じように確信がなかった。ただ二十年前、新宿の青線で女と寝ずに外に出た時、助かったような気持になった自分のいやらしさを彼はこの時、思いだしていた。どうも、うまく言えぬ。うまく言えぬが、度の強い眼鏡をかけたこの学生の質問に、彼はなぜか、あの時の自分と同じいやらしさを感じた。スピッツのような顔をした学生にも同じいやらしさを感じた。それにたいする神学者の教え諭すような答えにも同じものを感じていた。

「色々、屈折されるからね、小説家は……そのままに受けとっちゃ、いかん」

西尾氏は、白けた空気をとりつくろうように言った。

「お忙しい方だから……そろそろ失礼しましょうか」

彼は膝にくんだ手をはなし、長い指で懐中時計を出した。

翌朝、食堂におりるため、強い陽ざしが窓から入りこんでいる廊下を歩いていると、階段の下からさわがしい声がきこえてきた。巡礼団たちがバスに乗りこむところだった。日の丸を忘れるなよ、車につけるんだからさ。ゲリラに射《う》たれたら大変だもんなと一人が言うと笑い声がどっと起った。

その声を聞くと矢代は食堂に行く気持を失い、シーツの乱れた自分の部屋に戻った。さわがしい声はやがて消えた。バスがエンジンをかける音がひびいてくる。窓に顔を押しあてると、日本巡礼団と書いた布を窓の下にぶらさげ、日の丸をつけたバスから顔を出して、昨日から親しくなったボーイたちに学生たちは手をふっていた。

　午前中、矢代は寝乱れたベッドの上に横になって無為に時間をすごした。ホテルのなかは静かだった。今頃、あのバスは埃《ほこり》にまみれたオリーブの山を越え、オレンジ畠《ばたけ》にかこまれたキブツを通過してサマリヤに向っているだろうし、そこで西尾氏はイエスが休まれた井戸を指さしたり、旧約に出てくるタボール山についてあの教え諭すような声で説明しているだろう。三度の旅行で、矢代は巡礼団の訪れる罪の匂《にお》いの一向にしないコースを知っていた。

（巡礼か）

　そう彼は呟《つぶや》いて、のろのろと支度をし、のろのろと部屋を出た。ホテルから街の城壁に通ずるアスファルトは強い陽ざしで柔らかくなり歩きにくい。樹《こ》かげで昼寝をしていたアラブ人の物売りが急に起きあがって聖地のスライドを売りつけに来た。

「女の写真はないか」

　とたずねると、物売りは首をふった。神学者は女と寝る時、あの長い指をどのように使うのだろうと考え、矢代は陽光をうけながらひくい声で笑った。フォードの新車がアメリカ人の観光客をのせて彼の横すれすれにアスファルト道を登っていった。

　もう一度、カヤパの邸跡に行きヘロデの塔の下に立った。有難いことにこうした場所には客はいない。観光客たちは、あの瘦《や》せた哀れな男を傷つけ裏切った者の痕跡《こんせき》よりは、罪の臭気のない透明な巡礼地に出かけるからだ。直射日光を受けながら歩いているうち、汗はわきの下から変な臭《にお》いを漂わせた。これが俺の巡礼だと矢代は思った。

エルサレムの城壁が彼の歩いている地点から威嚇《いかく》するように直立して見える。かつてそこからイエスの弟子の一人が投げ落されて殺されたのである。

羊の糞《ふん》の落ちているオリーブ山の斜面にたち、ゲッセマネの園を見おろした。園に建っている俗悪なカトリック教会が嫌だったし、イエスが弟子たちと捕縛されたというこの場所には巡礼客たちが集まってくる怖《おそ》れがあったからだ。この前、エルサレムに来た時も、ここに立って同じようによごれたハンカチで汗をふきながら園を見おろしたのを憶えている。見おろしながら、彼は着ていた亜麻布を捨てて裸で逃げたという弟子の一人のことを考えたのも憶《おぼ》えている。剣と棒とを持った群集がやってきた時、亜麻布を着た男も他の弟子も瘦せた哀れな師をたちまち見捨てて逃げたのだ。弟子たちは矢代と同じように箸《はし》にも棒にもかからぬ連中だったのだ。だからその場面は彼にもよくわかる。夕暮の新宿のホームを勤めからくたびれて戻る人々にまじって歩いている時のようによくわかる。だが、哀れな師が死んだ後、威嚇するようなあの城壁から突き落されてもなお信念を変えなくなった彼等の変りようになると、矢代は遠い異国の街の絵葉書を見るようなぼんやりとした気持になる。どうして臆病者《おくびようもの》がそうなれたのだろう。確かなことはあの痩せた哀れな男は死んだあとさえ弟子たちの人生に紛れこみ、つきまとったことだ。少年時代、夾竹桃《きようちくとう》の花の咲く教会で矢代の人生に彼が紛れこんでから、どうしても離れてくれなかったように……。

「いい加減にしてくれ」

と矢代はひくいが悲鳴に似た声で言った。

「俺は日本人だしあんたとは何の縁もないんだ。もういい加減に出ていってくれないか」

だが、その男が住みついた宿なし犬のように決して自分から出ていかぬことも矢代は知っていた。

彼は帰りの飛行機に乗っている自分の姿を眼に浮べた。テル・アビブの白い街を飛行機の窓から見おろしながら、この前も、その前も自分は水割りを飲み、鞄《かばん》に入れた一九の膝栗毛《ひざくりげ》の文庫本を開いたが(外国でこの一九の文庫本を開くと、彼は久しくたべなかった塩辛や日本酒の味を思い出せるのだ)今度も自分は同じことをするのではないかと彼は汗をふきながら考えた。

(「群像」昭和四十五年十一月号)

召使たち

夏の夜、ポルトガル大使の私邸でパーティがあって出席した。着いた時は広い客間には既に日本人や外人の客がぶつかり合うほど集まって、その声や煙草《たばこ》の煙が部屋をひどくむし暑くしていた。溢《あふ》れた人たちは植込みの多い庭で涼をとっていたが、そのなかにローマン・カラーをつけて額に汗をかいた顔見知りの神父たちもかなりいた。給仕たちが歩きまわってマルティーニやジュースをすすめている人ごみに、私は切支《きりし》丹《たん》学者のM先生の姿を見つけなつかしい気持で声をかけた。

「いつ、お帰りになりました」

数年前、私はある小説を執筆していた時、たびたび教えを乞《こ》うた先生が、最近、大《おお》隅《すみ》や薩摩《さつま》のほうに旅行されたことを知っていた。

「三日前です」

「ありましたか、収穫が」

先生から切支丹の話を伺う時ほどこちらの創作欲が刺激されることはない。他の切支丹学者が著書に決して書いたことのない思いがけない当時のエピソードや裏面史を先生はお目にかかるたび毎《ごと》に惜しまずに話してくださるからだ。その裏面史やエピソードは先生が文字通り血のにじむような文献研究や実地の探訪で発見されたことなのに淡々と教えてくださる。たとえば先生から伺った支倉常長《はせくらつねなが》とソテーロ神父の奇怪な悲劇やヴァリニャーノ巡察師の驚くべき計画など（それらは他の切支丹学者の著作には記述されていない）の話は私を非常に興奮させた。

ありましたか、収穫がとおたずねした時、私は好奇心にかられた一人の小説家に戻っていた。そのくせ、一方では、先生が努力して獲られたものをはいいえなのように貪《むさぼ》る自分を恥じる気持も多少あった。

「屋久島《やくしま》に行って来ましたよ。シドッティの上陸した入江を発見しました」

「シドッティの上陸した入江？」

「ええ。唐の浦という岩だらけの場所でしてね。島の町長さんもそれを知らんのです。勿論《もちろん》、尋ねた研究家は私が始めてでしょう」

「シドッティは一人で上陸したのですか」

「いや、彼をマニラから運んできたスペイン船トゥリニダード号の船長と数人の船員と一緒に上陸したのです。しかし間もなく彼等は船に戻り、シドッティは一人になったわけです」

会話に出てくるシドッティとは言うまでもなく苛烈《かれつ》な切支丹禁教の日本に宝永五年

八月二十八日、上陸した最後の宣教師ジョバンニ・バッティスタ・シドッティである。すべての潜伏司祭が拷問《ごうもん》と処刑を受け、信徒たちも悉《ことごと》く根だやしにされたかに見えた日本に、一人、マニラから渡り屋久島に上陸、直ちに捕縛、江戸に投獄されて、新井《あらい》白石《はくせき》の訊問《じんもん》を受けたあのイタリア人神父のことだった。

「あなたは、シドッティが屋久島でどうなったか、御存知ですか」

M先生は急に学生に口頭試問をする教師のような口調になった。だが、こういう口調をされる時にはきまって小説家の私を刺激するような裏話を先生が用意されていることをこちらも心得ていた。

「その日、一人の百姓が木《き》を伐っていた時、突然、鷲《わし》のような顔をして日本の着物に刀をさした異様な男があらわれ、手まねで水を乞うたのでしょう。それがシドッティだったのでしょう」

「そう、藤兵衛という百姓でしてね」

「藤兵衛は驚いて後《しり》ごみをするとシドッティは自分の刀を鞘《さや》のまま差し出した。藤兵衛はその刀を木の根もとにおいてすぐ村に戻り役人に知らせたとか記憶しています」

「少し違いますよ。藤兵衛は村に急いで帰ると、村人二人とシドッティを自分の家に連れていった。連絡を受けた役人たちは藤兵衛の家に押しかけ、しばらくシドッティを休息させた後、島奉行所に連行したのです」

そのあとのことは私も多少、本を読んで承知していた。島津藩は長崎奉行所の指示を受け、シドッティを長崎に護送、それから江戸の切支丹牢《ろう》に送ったのである。

日本が基督教《キリスト》迫害国であることは既に全世界に知れわたっていた。切支丹の疑いのある者が火責め水責めの拷問を受け、潜伏した宣教師も次々と、穴吊《あなづる》しという残酷な方法で殺されるか転宗を誓わされていることもマニラやマカオの教会では手にとるようにわかっていた。日本にはシドッティが単独で密行してくるまで六十年近くにわたって、たえて一人の宣教師も修道士もこの危険な国に近よることを諦《あきら》めていたのである。一七〇八年八月二十二日、マニラを日本に向けて出発したシドッティには殉教死の決意があったことは言うまでもない。

「ところでね」

M先生は時々、彼に挨拶《あいさつ》をする神父や外人に目礼しながら、

「あなたに是非、書いて頂きたい面白いことがあるんですよ」

ほら、来た、と私は思った。私は唾《つば》をゴクリと飲む気持で、

「何でしょう」

「実はね、屋久島に一緒に上陸したトゥリニダード号の船員たちと別れるまでのシド

ッティの行動は船長の手で劇的に記録されているんです。ローマの図書館に文書がありましてね、その最後の頁《ページ》には今夜上陸を敢行するというシドッティの署名まである。一方、藤兵衛と出会ってからの彼の行動については日本側の文書があります。長崎奉行の取調べ文書です。ところがね。この二つの文書に書かれていないのは——屋久島で一人になってから日本人百姓藤兵衛に会うまでのシドッティのことです。それはおそらく時間にして一時間ぐらいでしょうがその一時間ぐらいの間のシドッティについては、両文書とも何も語っていません。語れぬ筈《はず》です。シドッティはその一時間、誰にも目撃されず一人ぽっちだったのだから」

「なるほど」

「あなたは小説家として、誰も知らないその一時間のシドッティの心のうごきを書いてみませんか」

先生は片手にコップを持ったまま悪戯《いたずら》っぽい微笑を浮べられた。

家に戻ると夜は大分ふけていたが私は書庫から切支丹に関する本を次々と出して、それらを畳の上に拡《ひろ》げた。だが正直言って私にはシドッティを小説にしようとする欲望は余りなかった。小説家は滅多矢鱈《やたら》に興味ある人物をモデルにすると言うわけにはいかぬし、その人物と自分とが重なりあう部分を見つけなければ作中人物にしにくいものなのだ。私のような弱虫には、波濤《はとう》万里、あらゆる辛苦をなめて日本に渡り、江戸の牢獄でもその信仰を示しつづけたシドッティはあまりに強い人でありすぎた。

にもかかわらず、シドッティに関する文献を次々と拡げて、暗い灯の下で頁をめくっていた時、私はふとそのなかに記憶にある日本人の男女の名を見つけて思わず腹這《はらば》いになった体を起し、書物を膝《ひざ》の上に乗せた。

日本人の男女の名は長助、はるという。

あまりにも、ありきたりのこの二人の名が記憶にまだ残っていたのは、かつて私が切支丹時代を背景にした小説を執筆していた時、主人公のモデルともいうべき南蛮宣教師キャラが、背教後、江戸の切支丹屋敷で孤独な生活を送っていた時、その身の周りの世話をしていたのが、この長助、はるだったからである。

切支丹屋敷は現在、文京区小日向《こびなた》町にその跡がある。今でもその名残りがわかるが丘陵が多いので、またの名を山屋敷と呼び、宣教師キャラやその仲間を穴吊しの拷問にかけた宗門奉行井上筑後守《ちくごのかみ》の下屋敷を改造したものである。拷問に耐えかねて転宗を誓った南蛮宣教師や転び者を世間から全く遠ざけて幽閉するのを目的としたこの屋敷は三井家所蔵の絵図によると、長さ十六間、幅三間の牢屋に八棟の長屋を持ち、周囲を土手にめぐらした塀でかこんでいた。囚人は七人扶持《ぶち》と若干の銭を給せられ、召使をも与えられたが、外出は禁じられて、墓参か特別の事情のない限りは屋敷外に一歩も踏み出すことができず、また囚人同士の交流も番人の立合いがなければ許されなかった。

私の小説のモデルになった南蛮宣教師キャラは寛永二十年からこの屋敷に閉じこめられている。キャラは伊太利《イタリー》のシシリー島パレルモに生れ、イエズス会の司祭だったが、フィリピンのマニラからひそかに切支丹弾圧下の日本に潜伏することを考え、同僚五人と中国のジャンクを利用して渡日を試み筑前大島に上陸したところを直ちに捕えられて穴吊しの拷問にかけられた。拷問は苛酷をきわめ、キャラはその苦痛に耐えかねて転宗を誓った。

以後、彼は岡本三右衛門と名も改められ、女房をあてがわれて、江戸の切支丹屋敷に入れられたのである。先にも書いたようにシドッティの屋久島上陸に先だった六十年前のことだった。

こうした転び宣教師の後半生は一言で言えば生ける屍《しかばね》にひとしい。肉体の苦痛に耐えかねて自分の人生の支えであった信仰と信念とを放棄せざるをえなかった男たち。それにはたんなる転向などという言葉では片附《かたづ》けられぬ暗い内面の劇がある。暗夜、切支丹屋敷の牢舎のなかで長雨の音を聞きながら、彼等の心には自己軽蔑《けいべつ》と自己弁解とが、うすぎたない泥水の泡のように次々と胸に浮びあがったことであろう。屈辱にまみれた口からは後悔と共に神に許しを求める声も洩《も》れたであろう。その矛盾した心理の動きを語る文献は、勿論、残っていないが、たった一つ、「査祆余録《さよりよろく》」におさめられたこの牢屋敷の役人の日記がその心理を我々にかすかに覗《のぞ》かせるのである。

「正月廿日《はつか》より二月八日まで岡本三右衛門儀、宗門之《の》書物、相認《あひしたた》め申候《さうらふ》様にと遠江守《とほたふみのかみ》に申付られ候。之《これ》によつて加用伝右衛門、星野源助、右之用かゝり申付けられ、二月十六日、岡本三右衛門、書物仕《つかまつり》候」

　キャラはこのようにして幕府の命令で、切支丹についての報告書を書かされたが、その時、彼は自分が拷問の結果、放棄した基督教を彼の信じていた通りに書いたようである。切支丹が日本人の考えているような邪宗でないことを改めて吐露したのであろう。おそらくその結果、ふたたび拷問死刑に処せられるのを覚悟してのことだったろう。にもかかわらず、彼は死の代りに、生涯、恥辱の人生を牛きつづけることを強いられた。そして貞享《じようきよう》二年、七月の暑い日に岡本三右衛門ことキャラは八十四歳の高齢で、故国伊太利からあまりに遠く離れた江戸で息を引きとった。だが生ける屍にひとしいこの背教の男の身の周りを世話した従僕は、どのような人間だったろうか。

最初、キャラの召使となったのは才三郎という男である。才三郎が何処《どこ》で生れ、どのような事情で背教者の召使となったかはわからない。

才三郎のあとに角内《かくない》という男がキャラの召使となった。この男も、生国《しょうこく》越前の出というほか、家族、経歴、ことごとく不明である。

延宝四年九月、この牢屋敷に起った盗難事件から、何人かの嫌疑者の身体《からだ》を検査したところ、角内の守袋から聖ポーロの姿を彫ったメダイユが出てきた。角内はこの時、四十二歳だったが、キャラの身の周りを世話している男だけに、きびしい詮議《せんぎ》にかけられた結果、前に使われていた才三郎が捨てたものを守袋に入れていたのだと弁解するだけである。才三郎は才三郎で役人が取り調べると屋敷内の畠《はたけ》で拾ったのだと答える。両者とも切支丹ではないと言いはるが、切支丹でないものがメダイユを守袋に入れて首にかけているのはまことふしぎである。弁解は結局みとめられず、二人とも即刻、処刑された。処刑場はおそらく屋敷の外であったろう。

役人たちの記録には彼等が切支丹だという確たる証拠はないが、合点のいかぬ所行《しょぎょう》ゆえ成敗したと書いてある。だが、切支丹でないものが、禁制の切支丹メダイユを大事に大事に守袋に入れる筈はない。キャラの二人の召使はキャラの世話をしているうちに次第にこの南蛮背教者に同情し、その話にひそかに耳を傾け、教えを信ずるようになったことはほとんど明らかであろう。

キャラは穴吊しという苛烈な拷問に負けて転んだものの、その牢獄の自己軽蔑と後悔の毎日のなかで最後の布教を召使たちにひそかに行ったのではないだろうか。だがキャラ自身はこの従僕たち二人の罪には連座せず、殺されるかわりに、再び生きつづけることを強要された。日本の役人たちはキャラが自殺できぬことを本能的に知っていた（基督教徒には自殺は罪である）。そして殺すよりも屈辱の世涯を一日でも長く強要するほうが彼により多くの苦痛を与えることも承知していたからである。

だが、そう簡単に従僕、才三郎や角内の心理を割りきってしまっても、食い足りぬ気がする。下賤《げせん》な身分ではあったが、切支丹牢屋敷で働く身として、もしこの異国の宗教に心惹《ひ》かれれば、どのような仕置を受けるかはわかりすぎるほど一番承知していたのは彼等である。仕置を覚悟してまで切支丹になった以上、そこに簡単には語れぬ心の動きが二人の胸にながれていたにちがいない。しかしその心の動きを探る手掛となるような文献は何一つなかった。暗い灯の下で何冊かの書物を膝の上に拡げながら、私は一応、才三郎や角内の内面を追うのをやめて、彼等のあとに岡本三右衛門ことキャラの召使となった長助、はるを調べることにした。

キャラは穴吊しで棄教を誓うと、ある死刑囚の女房だった女をあてがわれてこの屋敷に住んだのだが、四十年にわたる生ける屍の後半生の後に八十四歳の高齢で病死すると、幕府は彼の女房に今まで通り扶持を給与することを認め、同時に彼女のためにキャラの世話をしていた長助、はるの二人を再び召使として与えた。

長助、はるに関しては、出生、経歴いずれも何も語られておらぬ。我々が知っているのは、彼等が共に罪人の子であり、父親の処刑後は官奴《かんぬ》として育てられ、長じて官命によって夫婦となったと言うことだけである。切支丹牢屋敷の役人日記ともいうべき「査祆余録」によれば、キャラが死んだ時、彼等には母親が生き残っていたようであり、親類たちも二人が牢屋敷から出て自由の身になれるよう願い出たが許されなかった。「両人共、奴に候間、返し成り難く」という役人の冷たいこの時の返事には、官奴がいかなる自由も意志も認められぬ奴隷《どれい》だったことをはっきりと示している。

のみならず彼等にはたとえキャラの老妻が死んだ後さえも牢屋敷から出てはならぬという命令がその直後に与えられた。二人はここで南蛮の背教司祭たちと共に一生涯住んで彼等の世話をなし、彼等と同様自由も意志もすべて奪われて生きつづけねばならなくなったのである。

それを考えれば、朝夕、キャラの身のまわりの世話をしている間、彼等日本人の下男夫婦がどのような気持でこの南蛮人の主人を見ていたかを想像するには難くない。彼等はこの遠い国から日本に来て屈辱だけにまみれて生きているキャラと三右衛門に自分たちの似姿を感じ、自分を憎むように彼を憎んだこともあったろう。三右衛門もまた、生涯、官奴として生きねばならぬ彼等におのれを見つけ、時には烈《はげ》しい憎悪《ぞうお》を感じ、時には相擁して泣きたい気持になったであろう。やがてそれらのまだ夾雑物《きようざつぶつ》のまじった感情が歳月と共に濾過《ろか》されると、次第に相手をいたわる憐憫《れんびん》の情に変っていったにちがいない。

転びばてれんとその召使、わびしい一対の姿を私は瞼《まぶた》に描きながら、ふと、冬空に身をすり寄せあっている二羽の小禽《ことり》を連想したが、その時寝しずまった我が家のまわりでは、雑木林の枯葉を落す風の音のほか、何も聞えなかった。

キャラこと三右衛門が亡《な》くなって五年たった。十年たった。一十年たった。

この二十年の歳月の間に三右衛門の老妻も病没し、他の転び者も次々と死んでいった。この間に切支丹牢で起った事件と言えば、寿庵《じゆあん》と呼ぶ広東《カントン》生れの中国人の棄教者が三右衛門の死後七年目の元禄《げんろく》四年に突然、棄教を取り消すと申し出て、つめ牢を仰《おお》せつかったことである。つめ牢に入れられた後、六年後に彼は病没した。

こうして召使われる主人を次々と失ったにかかわらず、長助とはるとは依然として自由の身にはさせられなかった。死ぬまで彼等はここで働くことを強いられたのである。

シドッティが屋久島から長崎奉行所で取調べを受けた後に江戸の切支丹牢屋敷《ろうやしき》に送られたのは宝永五年十一月のことであり、キャラが死んでから二十三年後である。長助、はるもその時は既に四十五、六歳になっていた。幕府としてはシドッティをどのように扱うかについては議論を重ねたろうが、一つにはこの宣教師が単独で日本に上陸し、イエズス会やフランシスコ会などの宗派に属さず、西葡《せいほ》両国の指令を受けている形跡も見えないので、直ちに断罪はせず、当分幽閉することを決めたのだった。

十一月一日のよく晴れた寒い日に品川に着いたシドッティは即日、かつてキャラが住んだ切支丹屋敷に入れられた。

その日、年老いた長助、はるはどのような思いで彼を迎えたであろうか。かつて彼等が世話をしたキャラと同じような面貌《めんぼう》と姿をなし、哀《かな》しい運命を自分らと分ちあうこの異人を見て、二人は過ぎ去った長い歳月の一こま一こまを心に蘇《よみがえ》らせたにちがいない。

シドッティを入れた部屋は、牢屋を大きな厚板でしきった西側の一間で、彼はその壁に十字に切りとった赤い紙をはりつけその下で祈りをたやさなかったと言う。その食事も新井白石の記録によれば「よのつねの日には、午後と日没との後と、二度、食ふ。飯汁は小麦の団子をうすき醬油《しようゆ》にあぶらさしたるに、魚と、蘿蔔《らふく》とひともじ（葱《ねぎ》のこと）とを入れて煮たるなり。酢と焼塩とを少しく副《そ》ふ。菓子には焼栗《やきぐり》四ツ、蜜柑《みかん》二ツ、干柿《ほしがき》二ツ、丸柿二ツ、パン一ツ。その斎戒の日には午後にただ一度食ふ。但《ただ》し、菓子はその日も両度食ひて、その数を加ふ。焼栗八ツ、蜜柑四ツ、干柿十、丸柿四ツ、パン二ツを二度食ふ。その果実の皮等はいかにやするらむ。捨てしあとも見えず。斎戒の日とても魚をも食ふ。また、ここに来《きた》りしよりつひに浴せし事もあらず、されど垢《あか》づきけがれし事もあらず。これらの食事の外に湯も水をも飲みし事もなしと言ふ」

文中の斎戒の日とは、基督教が一週に一度イエスの死を偲《しの》んで食を控える日を指すのである。

十一月二十二日、シドッティの吟味が牢屋敷の庭で新井白石の手により、いよいよ始まった。

この取調べの模様は白石自身が「西洋紀聞」のなかで語っている通りだし、あまりにも有名だからここに改めて書く必要もあるまい。白石は取調べに先だってキャラが牢屋敷で強制的に書かされた基督教についての解説にも眼を通し、準備おさおさ怠りなかった。

訊問《じんもん》は三日にわたって、連日、続けられたが、シドッティの態度は毅然《きぜん》として誠実、しかも謙虚そのもので傲岸《ごうがん》なところが少しもなく、白石を非常に感心させたらしい。初日の取調べが終った時、シドッティは、突然、通辞に発言を要求して、自分は、波濤万里、遠い国からこの国にわが教えを伝えるべく来た者ゆえ、逃亡の意志はない。逃亡の意志のない自分のために、この年の暮、天寒く、雪の気配もある日に、人々が日夜のさかいもなく監視される労を見るのは心苦しい。何とぞ自分に手かせ足かせをかけられて、これらの人々の苦労を免除されたいと訴えた。

座にいる人々はその言葉を聞いて心動かされたが、白石だけは少し気色ばみ、それほどの心がけがあるものならばなぜ、度々、お上《かみ》から与えられている衣服を着用せぬかと声を荒らげた。けだしシドッティはそれまで役人から支給された冬用の衣に手を通さず、島津藩からもらった着物を身にまといつづけていたからである。

白石は「奉行所の者たちは事故なからんことを思うゆえ、肌寒からぬよう衣服を与えおるのに汝《なんじ》はそれをすげなく拒絶している。汝が本心から、警護の者の心労を安んぜん気持ならば、何故《なにゆえ》に冬の衣を拒むのか。汝の言うこととまことと矛盾しているではないか」

と言った。シドッティは素直に自分の非をみとめ、いかにも衣服、たまわりて御奉行を安心さすべきであった。ねがわくば絹紬《つむぎ》の類《たぐい》でなく、木綿の類を給《たま》わりたしと申し出た。

取調べが終ると、シドッティの扱いは緩くなった。警備の人数も減らされ、ただ牢屋敷内に住む与力、同心の監視にまかせ、その住む部屋も、かつてキャラのいた家に移された。そして長助、はるの夫婦は二十三年前と同じように、眼碧《あお》く、鼻たかき人の世話をしはじめたのである。

キャラこと岡本三右衛門とはちがって、シドッティには苦しい拷問《ごうもん》も加えられず棄教を迫られるということもなかった。シドッティは、かつて同じ場所で生活したキャラのように、信仰を裏切り、信念を捨て、誇りを失ったという屈辱の気持はなかった。同じ秋の長雨の音を聞きながらも、彼には自分の運命を呪《のろ》い、自分の弱さを憎み、屈辱のなかに神のゆるしを切望する必要もなかった。むしろ逆に、彼は信念を貫き通した悦《よろこ》びのなかに生きることができたのであろう。

長助やはるは、シドッティにこの牢屋敷に連れて来られ、そして死んでいった転びばてれんの一人一人の話を語ったであろう。そうした転びばてれんの悲しい運命の話をシドッティはどのような気持で耳にしたであろうか。彼はおそらく、それらユダたちの救いを、深夜、ふと眼をさました折にも祈ったことであろう。

にもかかわらず、長助やはるの眼にはシドッティもキャラも同じように薄幸な身の上とうつったにちがいない。シドッティとキャラとの心のちがいはこの二人の召使には摑《つか》めなかった。キャラを見た時と同じように彼等はシドッティを、生涯、ここに生ける屍《しかばね》として生きねばならぬ希望のない囚人として考えた筈《はず》である。そしてその希望のない囚人の上に自分たちを重ねあわすことによって、誰も気のつかぬ両者の交流がはじまったようである。

昔と同じように、長い歳月がながれた。白石の取調べが行われた年から六年たった。正徳《しょうとく》四年の冬、牢屋敷の役人たちは、長助、はるがただならぬ面持で訴えたきことのございますと言う言葉を聞いた。それはシドッティのことではなくて、意外にも長助、はる自身のことであった。長助、はる夫婦が、自分たちは切支丹になりましたと自首してでたのである。

二人が、どのような心から切支丹になったのかは、しかと書かれてはいないが、書かれていなくても我々には窓からほの暗い部屋の内側を覗《のぞ》くように推測できる気がする。

洗礼をさずけたのはシドッティにちがいなく、シドッティが役人たちの眼の届かぬ折、この二人に教えを説いたことは言うまでもなく、また長助、はる夫婦がシドッティの毅然とした信仰に心うたれたことも事実であろうが、しかし本当に彼等が切支丹になったのは、キャラこと岡本三右衛門の苦しい孤独な生涯を見た時からであろう。その老いた南蛮人の皺《しわ》だらけの顔に屈辱の泪《なみだ》の流れるのを見た時からであろう。その泪の上に、長助、はるは、自分たちの泪を同時に見つけたからであろう。転びばてれんは知らずして自分の悲惨な生涯を通して、その召使たちに神の存在を語っていたのだ。

長助とはるの自首を聞いて驚愕《きょうがく》した役人たちは、ただちに夫婦を引き離して別々の牢に入れ、また翌年、オランダ人江戸参府の折、その通辞をしてシドッティの罪を糺問《きゅうもん》した。

申渡之《の》覚

宝永五年戊子《つちのえね》八月

其《その》方事七年以前此《この》国え渡り(ママ)来候時、速《すみや》かに御国法に行はるべき事に候へども、本国の師より申付候旨《むね》を承り候て、渡り来り候由《よし》を申候付《つい》て、別の御恩を以《もっ》て、其儘《そのまま》差おかれ候其節其方申候趣は、本国の師申付候は、いか様に被仰付候共《おほせつけられさうらふとも》御所《ごしょ》様の仰《おほせ》に任すべく由にて、幾利支丹《きりしたん》教の事は全く不忠不義をすすめ候て上《かみ》にそむき奉《たてまつ》り候法にては無之《これなく》候、何とぞ此旨を申ひらき、御ゆるしを蒙《かうむ》り候て、其法をひろめ申度存候故に、最初より江戸へ罷越《まかりこし》たき由を望み候、然《しか》るに、願え(ママ)通に当地へ罷越、食物、衣類等まで御大恩蒙り候事、難有存《ありがたくぞんじ》候由、返々《かへすがへす》申述候処《ところ》に、此度、ひそかに望み申人有之に付て、クルス等をさづけ候事は、御国法を背き候儀は申すに及ばず、本国の師いかやうにも仰にそむくまじき由申付候旨共違ひ、御国恩をも顧みず候段、不忠不義の至《いたり》、其罪重畳し候、只今迄《ただいままで》は本国の師の申付候旨をうけ候由に候へども、自今以後は其方心よりして、重罪を犯し候上は其科《とが》のがれべからず候、これによりて、まづ此国に於《おい》て大罪のものを沙《さ》汰《た》し候法に任せて急度《きつと》禁獄せしむる者也《なり》。

牢につながれると、シドッティは昼間は温和《おとな》しくしていたが夜になると長助とはるの名を大声で呼び、いかなる責苦に会うとも死ぬまで信仰を棄《す》ててはならじと叫びつづけた。

声はもちろん同じ獄内にいる夫婦の耳にはっきり聞えた。つめたい板敷に彼等は正座したまま黙然とその声を聞いた。役人たちもあえてその声を妨げようとはしなかった。彼等は官命によってこの夫婦の僅《わず》かな食に少しずつ毒を入れ、その死を待っていたようである。予想通り、二カ月たった十月のはじめのある冷えた朝、役人がのぞくと、夫婦は牢舎の壁に靠《もた》れるようにして死んでいた。

二人の死を知ったシドッティはその日から一言も口をきかぬようになった。そして彼もまた同じ月の二十一日の夜半に長助とはるのあとを追ってみまかった。キャラこと岡本三右衛門が同じ屋敷内で息を引きとってから二十九年後のことである。

晩秋のある夕暮、私は思いたって、キャラこと岡本三右衛門とシドッティが死に、長助、はるも死んだこの切支丹牢屋敷の跡をたずねようと思った。地下鉄の茗荷谷《みょうがだに》駅から拓大に向う細い坂道をおりた頃は、先ほどまでまだうす明るかった空がとっぷり暮れて、両側の店々の灯が夕靄《ゆうもや》のなかでうるみ、私は二、三度、道に迷っては道ゆく人にたずねてまた別の坂道をのぼった。このあたり一帯は既に切支丹牢屋敷の敷地だったのだが、山屋敷と当時呼ばれた通り、今でも坂の多い場所だった。

ひっそりとした住宅街のなかに現代思潮社という出版社があった。そのすぐ先に斑目さんという表札の出た古い洋館がみえて、その門に、東京都史蹟《しせき》切支丹屋敷と彫った石碑がたっていた。門のそばには古い大きな柳の木が残っていたし、樹木の多い庭が何となく昔の面影をほのかに残しているようで、私はもうすっかり暗くなった路《みち》を徘徊《はいかい》しながら、三右衛門やシドッティが住んだ家はどのあたりにあり、長助、はるの死んだ牢はどこだったのかと考えた。ちょうど満月の夜で、空にまるい月が出ていて、その月光が庭の樹木を光らせ、塀の間からなかを覗くと、家の一室で赤いスェーターを着た婦人がアイロンをかけているのが見えた。この月光や月を、キャラもシドッティも、長助、はると同じ場所からきっと眺めたにちがいないのである。

（「文藝春秋」昭和四十七年一月号）

犀さい

鳥ちょう

男は小説家で東京の郊外にある小さな都市に住んでいた。

小さな市にはそれでも二つのデパートがあって、その屋上にのぼると街の哀《かな》しい拡《ひろ》がりの向うに冬の弱い陽をあびた団地の群れや丘陵が見わたせた。屋上の遊び場には平日でも子供をつれた母親たちがベンチに腰かけてその風景をぼんやり眺めていた。

男は時折そのデパートの小禽《ことり》売場に出かけた。別に小禽を求めるのではなく、ただ飽かず十姉妹《じゅうしまつ》や文鳥が籠《かご》のなかに動くのを覗《のぞ》きこみ、宝石のように光りながら体をくねらせ泳ぐ熱帯魚の水槽の前に立っていた。

「この九官鳥はどうです」ある日、売場の主任が話しかけた。「まだ子供ですが、頭はいいですよ」

男は首をふって、昔、この鳥を飼って死なせたことがあるからと言った。本当はこの利口そうな眼をした漆黒の鳥がほしかったが、彼とちがって生きものの好きではない妻と無駄な言い争いをしたくなかったのだった。

別の日、主任はまた、

「猿を飼う気はありませんか」

と奨《すす》めた。

小禽や熱帯魚の売場なのに、時折、ペットになる栗鼠《りす》や兎《うさぎ》が売られていることもある。主任が指さした猿は小さな手で金網を握りながら、老人と赤ん坊をまぜたような顔で彼をじっと見つめている。悲しそうな眼が男の心を惹《ひ》いた。

「どうです」主任は彼を更に誘惑した。「私には動物の好きな人がわかるのです。動物も自分を好きな人間がわかるもんです」

だが結局、彼はこの猿を買うことを諦《あきら》めて屋上にのぼった。屋上からはその日も街の哀しい拡がりと冬の弱い陽をあびた団地が遠くに見わたせた。

「なぜあなたは汚い犬まで好きなの」

もうずっと前、結婚したばかりの頃、妻はふしぎそうに男に訊《たず》ねた。

「俺は」男は苦笑しながら答えた。「犬と話した時もあったんだ」

「いつ」

「子供の頃」

「今もそうなの」

「今は……もう駄目さ」

妻は彼の話を信じるふりをしたが、信じていないことは男にはよくわかっていた。

だが、子供の時、男はたしかに犬と話をした記憶があったのである。

その時、彼は小学生で満鉄の社員の父親の仕事で大連《たいれん》に住んでいた。両親は彼のために黒いむく毛に覆《おお》われた満洲《まんしゅう》犬を一匹、飼ってくれた。

犬は彼が毎朝、日本人の小学校に通う時、いつも保護者のような重々しい顔をしてあとをついてきた。そして授業時間の間は運動場の陽溜《ひだま》りに寝そべり、放課後、彼がランドセルのなかでアルミの弁当箱の音をたてながら家に戻る時も、ひどく神妙な表情で黙々とそばを歩いていた。彼が道草をくって満人の物売りが饅頭《マントー》を売っているのを見物したり蜘蛛《くも》の巣に悪戯《いたずら》をしている時も犬はそばで欠伸《あくび》をしながらつき添っていた。

小学校の三年生になった時、両親に別れ話が持ちあがった。二人がなぜ仲たがいしたのか、小さな彼にはよくわからなかったが、帰宅すると暗い家のなかでいつも母親が辛《つら》そうに坐《すわ》って考えこんでいるのを見るようになった。夜になると寝ている隣の部屋の父親のいらだった声にまじって母親のすすり泣きが聞え、そんな時、彼は布団《ふとん》を頭からかぶり、耳の穴に指を入れてひとり涙をながした。

秋が終りかけて吐く息が白くなったある日曜日、父親は彼を誘って波止場に連れていった。つめたい海が遠い防波堤の向うに拡がり一隻《せき》の船の姿もない。埠頭《ふとう》では満人の苦力《クーリー》たちが蟻《あり》のように重い高粱《コーリャン》袋をかついで働いている。彼は父の背中を上目使いに見ながら家で石像のように坐っている母のことを考えていた。

「母さんは日本に帰るが……」

と突然、父親は海を見つめながら、

「お前も一緒に日本に行きなさい」

「父さんは」

しばらく黙ったあと震えた声で訊ねた。訊ねた時、彼の口から溜息《ためいき》のように白い息が洩《も》れた。

「父さんか。父さんはここに残る」

彼は泣くのを懸命に怺《こら》えたが、防波堤もつめたい海も泪《なみだ》でにじむのを感じた。

その日から学校に行くたびに、彼はわざと騒ぎ、わざとはしゃいだ。放課後、皆が戻ったあとも、いつまでも埃《ほこり》っぽい空虚な廊下や誰もいない運動場でうろうろとしていた。先生に注意されて仕方なしにランドセルのなかの弁当箱の音をたててアカシヤの葉が黄色くよごした路《みち》を戻る時、犬はそんな彼のうしろをついて来た。「あっちへ行け」と彼は怒鳴り、時には石を投げつけることもある。彼は自分の悲しみを誰も知っていないことを承知していたが、この犬だけがわけ知り顔の表情をしているのが辛かったのである。石を投げつけられた犬は少し逃げてはそこからじっと彼を眺め、またそっとあとをついてくるのだった。

日本に戻る日、馬車《マーチョ》が母親と彼を迎えに来た。父親は腕を組み、煙草《たばこ》をくわえて母親のそばに腰かけた。家を出る時、

「さいなら」

と彼はもう、生涯、会うことのないであろう彼の犬に言った。

「ああ」

と犬は答えて眼をしばたたいた。犬はその時、たしかに彼をじっと見つめ眼をしばたたいてああと答えた。そしてそのことは彼にはひとつも不思議でも奇怪でもなかった。今でも男はその時の犬の眼とああ、と答えた声とを思いだすことができるのだ。

青年の頃、結核をやった彼は結婚して十年ほどたった年にその病気の再発で入院した。受けた手術が二度も失敗して彼の病状は入院する前より、もっと悪くなった。高い熱と激しい咳《せき》が毎日つづいた。寝台にくくりつけた大きな体温表を見ながら彼の若い主治医をふくめた三人の医師が声をひそめて何事か話しあい、やがてその年かさの人がつくり笑いをうかべた。

「大丈夫です。心配はいりませんな。しばらく様子を見ましょう」

心配はいりませんと医師たちは言うが、彼等自身も途方に暮れていることを男は敏感に感じとった。

高熱だけはどうにか引いたあとも、男はただ薬を与えられるだけで何カ月も放っておかれた。入院していた時は裸だった窓の外の樹木に葉が茂り、やがてその葉に病室の陽が遮《さえぎ》られ、梅雨の陰鬱《いんうつ》な雨音が一日中、聞える。

「手術はもうできないのですか」

彼の頼みに若い主治医は眼をそらせた。

「そのうち、教授たちにも相談してみます。しかしねえ、前の手術で肋膜《ろくまく》がすっかり癒着しているからねえ」

いつもの年よりきびしい夏が来て、それから秋が訪れた。にもかかわらず体は一向によくならなかったし、手術にも踏み切ってもらえなかった。

入院した頃、次々と訪れてくれていた見舞いの客も、もうほとんど姿を見せなくなった。時折、病室を訪れてくれる人に男は無理な笑顔と元気そうな声を出してはあとでひどく疲れた。考えてみるとはじめの手術から今日まで二年の歳月がこの病院でたっている。貯金はほとんど使い果している。

「思いきって手術をしますか」

冬のはじめ、諦めたように主治医がやっとそう言ってくれた時、男はむしろ、何でもいいこの生ける屍《しかばね》のような毎日から解放されることだけをせつに望む気持になっていた。

「そうしてください。でも、二回も手術して癒着した肋膜を剝《は》がす時はどのくらいの血がながれるのですか」

この時も若い主治医は窓のほうに眼をそらせた。そして何も答えなかった。その表情から三度目の手術には死ぬ可能性もあるなと男は見てとった。

その午後、彼は病院に来た妻に九官鳥を買ってくれと頼んだ。乏しくなった家計からかなり高いこの鳥を買うのは妻には気の毒な注文だとは思ったが、どうしてもほしかったのである。もう誰とも話をしたくなかったし、医師の慰めもほとんど信じない気持になっていた。

唐草模様の風呂敷《ふろしき》に鳥籠を包んで妻が九官鳥を冬の病室に運んで来たのはそれから三日目の午後で、籠のなかで漆黒の頸《くび》に黄色い線の入った鳥が止り木にしがみついていた。ぬれた眼で虚空《こくう》の一点をじっと見つめたまま、陽が退く時間になっても動かない。

夜、妻が帰ったあと病院のなかはいつものようにさむく空虚だった。廊下にだけ小さな灯がともり、時折、遠くから便所の戸が軋《きし》み、サンダルをならす音が聞えてくる。止り木からいつか籠の底におりた九官鳥は羽をふくらませて部屋の闇《やみ》の部分を見ていた。

男は、この九官鳥が欲しかった自分の気持を噛《か》みしめた。もう医師や見舞いの客や妻にさえも微笑をつくったり元気そうな声を出すのに疲れた自分が、話をできるのはこの鳥だけのような気がしたのである。この鳥は人間の声や言葉を真似《まね》るくせにその意味はわからぬ。男はひょっとして手術台で死ぬかもしれぬ今度の手術のことを考え、自分の死んだあと、この九官鳥が彼とそっくりの声をだしてしゃべりだすのを空想してひくく笑った。

「なあ」

と彼はベッドから羽をふくらませた鳥に話しかけた。

「俺はこの病室で二年半くらした。お前はその籠のなかに何年いる」

九官鳥は彼をじっと見た。

朝から始まり六時間かかった手術日には雪がふった。麻酔から眼がさめると、もう翌日の朝がた近くで窓枠に白い雪が溜っていた。色々なチューブや針がさしこまれた体は機械のように無感覚で、半時間ごとに看護婦が何本もの注射を一度にうち、足ばやに病室を出ていった。

男がようやく危機を脱出した数日後、妻は彼の心臓が手術中、停り、それが動いて、医者が奇蹟《きせき》だと言ったことを話した。

「九官鳥は」

かすれた彼の声に妻は首をふって、

「死んだの。あの夜はひどく寒かったでしょう。面倒をみている余裕なんか誰にもなかったんですもの」

ようやく体を動かせるようになってから、彼は病室の隅に新聞紙に包んだ鳥籠のあるのに気がついた。鳥籠には九官鳥の糞《ふん》が灰色に、わびしく、こびりついていた。

ある冬の日、男は山で先生に出会った。

山は猿の餌《え》づけで知られていて、一日のうち何回か猿の群れが曲りくねったバス路の何処《どこ》かに姿を見せ、バスからおりた観光客たちをとり巻いて菓子や果物をねだるのだ。男もそんな観光客の一人だった。いつかデパートで主任から奨められた時、彼は猿を飼ってみようかと言う気になったのだが、その後、人からこの動物は、突然、狂暴になるし、それに糞尿の世話が大変だと聞かされて、すっかり諦めてしまったのである。諦めてしまったあとも猿の研究家の随筆を読んだり、動物園に出かけることで興味をどうにかつないでいた。

馴《な》れきった猿たちは観光客のすぐそばまでやってくる。若い娘のスカートを引っ張って餌をねだる奴《やつ》もいれば、人間と同じように仔猿《こざる》を前に出して客の関心を惹くことを知っている母親猿もいる。男は皆と同じようにそんな猿たちの動作に笑ったり首をかしげながら、長い間、楽しんでいた。

リュックを背負って登山靴をはいた一人の老人がバスの運転手に会釈《えしやく》をしながら黙々とバス路をのぼっていった。ハイカーかと男は思ったが、こんな山をリュックを背負って一人で山にのぼるには、その人は少し年寄りすぎていた。

「だれですか、あれは」

老人が谿《たに》の方角におりて消えるのを見送ってから彼は運転手にたずねた。

「猿の先生ですよ。この山では有名な人です。毎週必ず一度はああしてね、猿のことを見にこられるんです」

帽子のひさしを阿弥陀《あみだ》にあげて、運転手は灌木《かんぼく》のほうに敬意をこめた眼をやった。

老人の姿はもう何処にも見えなかった。

やがて猿たちは引きあげ観光客もバスに乗りはじめた。このバスは山をこえて百人一首にも出てくる有名な寺のある湖水のほとりまで行くのである。

フロント硝子《ガラス》を叩《たた》きながらさっきの運転手が彼を促したが、首をふった。そして一

「乗らんですか」

人、バス路に残された。

猿の群れは何処にかくれたのか、樹々《きぎ》と灌木に覆われた谿は午後の陽のなかで静まりかえっていた。男は岩に腰かけて空にうかぶ小さな雲をながめ、谿に視線をやりながら老人の戻るのを待った。紹介もなしに声をかけるのは失礼だとは思ったが、東京に住んでいる彼はそう度々、この山を訪れるわけにはいかなかった。

灌木をふむ足音がやがて聞えて、リュック姿の老人はゆっくりとバス路まであがってきた。彼は一人、岩に腰かけて、男には関心のない顔でまた山をのぼりはじめた。それを追いかけて声をかけた。

先生との交際はこうして始まった。交際と言っても、二度ほど先生の家に行き話をきいたり、一度、山に連れていってもらっただけだったが、それでも交際は交際だった。先生は動物の専門家でも学者でもなく、家族に死にわかれて老婢《ろうひ》と一緒に暮している鉄鋼会社の役員だった。だから彼が先生と呼ぶと老人は照れた表情をしてやめて

下さいと言った。それでも男は老人をやはり先生と呼んだ。

先生の話によるとあの山のバス路に出てくる猿たちは気どって本当の姿を見せていないし、人間たちが餌《えさ》をやるようになってから群れの生活は少しずつ変っているとのことだった。たとえば、昔は必ず高い樹木にのぼらせた見張りもおかなくなったし、自分で苦心して餌を探すという労働意欲も失われている。そのくせ生意気にもキャラメルや菓子を食べるようになってから虫歯をつくったり、風邪をひきやすくなってしまったと先生は真面目《まじめ》な表情で歎《なげ》いた。

先生に連れられて初めてあの谿に足を踏み入れたのは冬のある日で、残雪がまだ斜面に残っているから厚着をして厚い靴をはいていらっしゃいと言われ、男はジャンパーを着て毛糸の手袋をはめ、餌になる南京豆《ナンキンまめ》と蜜柑《みかん》とをリュックに入れて先生のあとに従った。

樹々につかまりながら斜面をおりると、先生はたちどまって口に手をあて犬の遠吠《とおぼ》えのような声をだした。静まりかえった谿にその声は吸いこまれたが、男の眼には何の気配も感じられない。にもかかわらず、先生が指さした方角から、いつの間にか数匹の猿がこちらを窺《うかが》いながら這《は》いのぼってきた。別の方角からも別の群れが姿をみせた。木から音もなく滑りおちてくる猿もいた。彼等は先生と男とを遠巻きにしながら鋭い声をあげて餌の催促をした。一匹だけ仲間のなかに入らず遠くから悲しい声を出す痩《や》せた猿がいた。

「村八分に会っている猿ですよ」

と先生は悲しそうに呟《つぶや》き、ボールを投げるように蜜柑を放ってやった。

「もうこの猿たちは仰向《あおむ》けになってわたしのそばに寝ます。安心して仲間だと思っているのかもしれませんな」

「いつ頃からそうなりました」

「もう四年ぐらい前から。それまでは彼等に囲まれて怖《おそ》ろしい目にあった時もありましたよ。今はわたしに悪さをする奴がいてもあのボスがきびしく叱《しか》ってくれる」

ボスは先生から少し離れた枯草のなかで不機嫌な表情をしていた。先生の話によると、彼の機嫌がよくないのは見知らぬ人間を連れてきたからだった。

「昔は動物がそんなに好きじゃなかったんです。子供がいなかったので家内が猿を飼いはじめたのです」

突然、先生は男に話しはじめた。

「飼ってみると次第に情が移って自分の子供のような気になりましてな。家内などは奴が病気の時、徹夜で看病したし、抱いて寝てやることもありました」

「その猿、どうしました」

「死にました。死んだ時は家内と一緒に本当に泣きましてね。その家内も翌年、亡《な》くなりましたが」

先生は一人になってから週に一度、リュックに猿の餌を入れてこの山に来るようになったのである。

「人間には一人になるとなぜか動物だけを友だちにしたい心が起きるんでしょうねえ」

男には先生のその言葉がわかるような気がした。彼は人生のなかで本当に一人だった時はそう数多くはなかったが、その一人の時に求めたのは人間ではなくて一匹の犬であり、一羽の九官鳥だったからだ。


男はむかし切支丹《きりしたん》時代を背景に小説を書いたことがある。小説を書きながら彼はモデルにしようとした何人かの背教司祭の顔に次第に心ひかれた。

背教司祭とは幕府の弾圧に信仰を捨てた神父たちのことである。すさまじい拷問《ごうもん》と死の威嚇《いかく》に遂《つい》に転んだ聖職者たちのことである。彼等のなかには波濤《はとう》万里あらゆる苦労をなめて日本に渡り、馴れぬ異国での生活に耐えて、長年、布教を行ってきた外人司祭もいたし、あるいはその外人司祭の奨《すす》めで遠いヨーロッパで勉学した、日本人司祭もいた。

男はそうした何人かの敗北者たちの生涯を集めて一人の主人公を創《つく》ったが、小説を書きおえたあとも汗にまみれ苦痛にゆがんだそれらの顔がいつまでも心から離れず、暇をみては彼等がみじめに生きのびた跡を歩きまわった。

ある初夏の真昼、長崎の古い寺をうろついていた。寺の背後の斜面を無数の墓が埋めつくしていて、男はその墓の一つ一つを覗《のぞ》きこんでいたのである。記録によれば、このどこかにFとよぶポルトガルの背教宣教師が埋められていた。過去帳にはもうその名は見当らなかったが、男はそれがここにあることを資料から知っていたのだ。あちこちに古い大きな樹が茂っていて、時折、男はその樹の下に足をとめて汗をふいた。何処からか風に送られ蜂《はち》の羽音がきこえ、樹木の葉がゆれて古い墓に影をつくる。自分も死んだらこういう大きな樹木の影のなかに憩《いこ》いたいとその時、男はせつに思った。

そこからは長崎の古い町なみが見おろせた。彼がその墓を探している背教司祭は拷問に耐えかねて転んだあと、この寺のちかくで日本人たちから蔑《さげす》まれながら生きたのである。司祭は奉行所から僅《わず》かばかりの扶持《ふち》をもらったが、その代りに奉行所によばれて、捕えられた別の外人宣教師の訊問《じんもん》を通訳したり、かつての同僚に棄教を奨め、その拷問に苦しむ姿を目撃せねばならなかった。いわば長い間、自分を支えてきた信仰に唾《つば》かけねばならぬ屈辱の仕事をさせられたのである。

初夏の長崎の空は真青だったが、寺をとりまく古い家々は黒かった。もちろん、町の並びも道すじもその背教司祭がここに住んでいた頃とはすべて変ったことを男は知っていたが、まるでそれらが昔のままのように、長い間、空と家々とを眺めていた。

その背教司祭が一人になった時、どんな思いにかられ、どんな風に泪《なみだ》をながしたか記録には残ってはおらぬ。ただ出島にいるオランダ人の一人がその書簡の一節に何気なく「彼は犀鳥《さいちょう》という鳥を飼って住んでいます」と書いているのを男は強く記憶に残していた。

犀鳥というのがどんな鳥か見たことはない。しかし暗い部屋のなかでその一羽の鳥とじっと向きあっている影のような背教司祭の姿は男にも想像できた。ずっと昔、寝しずまった病院の一室で九官鳥に話しかけた自分を思いだしたからでもある。

デパートの小禽《ことり》売場の主任は男が犀鳥という名を呟いた時首をかしげた。

「そうねえ。すぐには見つからんとは思いますが、同業者に当ってみましょうか」

そのくせ主任の気のなさそうな顔をみて男はどうせ駄目だろうと思った。事実、それから二カ月たっても三ヵ月たっても、小鳥や熱帯魚を覗きこんでいる男に主任は犀鳥のことはもう忘れたように話しかけてきたし、男も男でもう犀鳥のことは二度と口にしなかった。だがその年の冬、

「渋谷の小禽屋の主人ですがねえ」突然受話器の向うに主任の声がきこえて「犀鳥を持っているそうですよ。ええ、犀鳥です。見せてもいいと言っていますがね」

底びえのする空の曇った午後だった。主任はその持主と一緒に男の家にあらわれた。ガスストーブが小さく燃えている男の部屋に金網の鳥籠《とりかご》が運ばれ、烏《からす》に似てうすよごれて黒い、烏よりは嘴《くちばし》のひどく大きな鳥がその籠にうずくまっていた。

（これが犀鳥か）

男は羽をひろげるようにして鳥籠の隅に身じろがぬ鳥を眺めた。

「わたしも初めてだ、この鳥を見るのは」

と主任も専門家らしく籠の前にしゃがみこみ、

「かなり年とっているな」

すると人のよさそうな中年の渋谷の小禽屋は弁解した。なにしろこいつは三年ほど前にアフリカに行った日本人船員が持ちかえってしばらく飼っていたが、やがて行きつけのスナックのママさんにゆずり、そのママさんも持てあまして自分のところに持

ってきたんだからな。

「暖かいところが好きでさ。ストーブのそばにおいてやると、羽のなかにさ、頸《くび》を入れて静かにしているよ」

「食べもんは」

「何でも食うな。林檎《りんご》でも蜜柑でも。うちじゃ沢庵《たくあん》でも食わせてんだ」

二人の会話を聞きながら男も妙な鳥だと思った。何よりもふしぎなのはこの鳥に睫《まつげ》があることだった。まるでマスカラをつけた女の泣き顔のような顔をしている。

二人が引きあげたあと男はガスストーブの火を細くして机に向った。あけた鳥籠の口から犀鳥はいつの間にか出て、床の上にじっとうずくまっている。泣いている女に似たその顔をじっと眺めていると、それはまた道化師の泣き笑いの表情のようでもある。南の国から日本に連れてこられ、あちこちの持主を転々とした鳥の羽はぬけてかつて漆黒だった色もあせてしまっている。

背教司祭もこの鳥と同じように生涯、故郷のポルトガルに戻ることを許されず、奉行所の監視をうけながら一生、日本の長崎に住まわされた。檀那《だんな》寺《でら》も持たされ、仏像も拝まされ、ある死刑囚の日本名を無理矢理与えられ、日本人に帰化させられたのである。彼には慰めてくれる友もなければ、心をうちあけられる肉親もなかった。この道化師のような一羽の鳥だけがおそらく残された話相手だったのだ。

男は机から頭をあげて、うずくまっていた鳥がそろそろと頸をのばし、ストーブの暖かい方に向きを変えていくのに眼をやった。冬の暮はひどく静かで、部屋はもう灯をともさねばならぬ時刻になっていた。外で近所の女の子が唄《うた》を歌っている。男は長崎のあの寺の近くの小さな家で背教司祭がこの道化師に似た顔をした犀鳥と向きあっている姿を思いうかべた。それは、今と同じように静かで、今と同じように外で小さな娘が歌っているのが聞えるような夕暮だったかもしれない。

（「文藝春秋」昭和四十八年一月号）

指

聖書のなかには指の話が二つ、出てくる。そのひとつは、長年の間、血漏という病に苦しんだ女の物語である。女はガリラヤ湖のほとりに住んでいた。多くの医師にかかり、多くの金を使ったが、病気は一向に治らなかった。何もかも失った女はすべてに絶望して、ひとりで生きていた。

その頃、イエスという人がこの湖のほとりに姿を見せた。湖畔の村から村をまわりながらその人は貧しい者を助け惨《みじ》めな者を慰めていた。女はその人の噂《うわさ》を耳にしたが、彼が自分を治してくれるだろうとは少しも信じていなかった。

ある夕暮、イエスを乗せた小舟が彼女の住む村にやってきた。女は好奇心にかられ、群集にまじって強い夕陽のさす湖岸におりていった。あまたの人たちにイエスは囲まれていた。それらの人々の肩ごしに女はやっとイエスの痩《や》せて小さい体とひどく疲れた顔を見ることができた。

イエスが歩きはじめた時、突然、女の心にもし、という感情が横切った。もしやするとこの人は自分の病気を治してくれるのかもしれぬ。もしやするとこの人は自分の体を昔のように戻してくれるかもしれぬ。

だがイエスに話しかける勇気のない女は彼がそばを通りすぎた時、その衣におずおずと指を触れただけだった。

イエスはふりかえった。

「わたしの衣に今、さわった人は誰だろう」

女は不安に駆られ黙っていた。イエスをとり囲んだ弟子たちも笑いながら答えた。

「誰かがぶつかったのでしょう。こんなに人がいるのですから」

イエスは首をふった。その時、彼の眼と女の眼とが出会った。イエスは女の哀《かな》しい眼を見ただけですべてを理解した。

「もう、苦しまなくていい」とイエスは呟《つぶや》いた。「もうあなたは苦しまなくていい」

この話はルカ福音書にもマタイ福音書にも出てくる。同じ話だがルカにくらべて簡潔なマタイのほうが私は好きだ。もう数えきれぬほど読みかえした。

もうひとつの物語は弟子トマの話である。イエスが死んだあと、信じられぬ出来事が起った。葬《ほうむ》られた墓からその死体が忽然《こつぜん》と消えたのである。そして何人かの弟子たちの前に復活したイエスが姿を現わし、師を見棄《みす》てて四散しようとした弱い彼等に語りかけたのだ。彼等は転ぶように駆けて、他の仲間にそれを告げにいった。話を聞いた者たちはあまりの出来事に茫然《ぼうぜん》としたが、一人、このトマだけは嘲《あざけ》り笑った。

目撃者たちはだが頑《かたく》なに自分たちはイエスを見たと言いつづけた。

「俺は信じぬ」トマは強情に首をふった。「この眼であの方の手に釘《くぎ》の跡を見るなら信じもしよう。その傷にこの指を入れるならば、俺も信じよう」

八日後の夜、トマは弟子たちとある部屋に集まっていた。戸はかたく閉じられていた。だが背後で何かの気配がしたので一同がふりかえるとそこにイエスの姿があった。

「さあ」とイエスは哀しげに話しかけた。「あなたの指をこの手の傷口につけるがいい。槍《やり》でつかれたこの脇腹《わきばら》にもさわるがいい。私はあなたに信じてほしいのだ。そして見て信じるよりは見ないでも信じる人になってほしいのだ」

トマはただちに泣きながら答えた。

「主よ、私の主よ」

この話も私は数えきれぬほど読みかえした。読みかえすたびにこの二つの物語に出てくる二本の指を思いうかべた。

私の想像では、女の指は病人らしく青白い蠟燭《ろうそく》のような形をしていた。その弱々しい指で女は群集に囲まれたイエスの衣におずおずと触れたのだ。そしてそれにたいして、仲間に頑なに首をふったトマの指は短く太く意志の強いもののように思われた。

「俺は信じぬ」

太く強い指を持った男だから、イエスの復活を最後まで信じず、不遜《ふそん》な言葉もあえて口にしたのだという気がした。そして私の指は……素直にイエスにふれた女のもののようでもなく、また一人、自分の気持を偽らなかったトマのように強いものでもなかった。私の指は細いが素直な形をしていなかった。トマの指のように強くもなかった。その素直でもなく強くもない指でペンをとり、私は長い歳月の間、小説を幾つも書いてきた。

ローマへ行けと言う話が持ちあがった。あるミッションの会と日本の放送局との共同企画でローマ法王のインタビューをしてほしいというのである。法王との単独インタビューは前例がないので、その企画が実現するまでは、時間もかなりかかったが、復活祭の前にやっと承諾の知らせが法王庁から送られてきた。

「どんな質問をしようか」

私は一緒に行くSにたずねた。Sも私と同じように小説家で信者だった。私はもし法王にお目にかかれば色々なことを伺いたかった。あなたは苦しくはないのですか、人類救済の象徴である椅子《いす》につくことは人間としてとても耐えられぬことのような気がしますが、あなたはなぜその辛《つら》い地位をお引き受けになったのですか。そして深夜、一人になられた時、あなたは何を思われるのでしょう。

「おそらく、何の話もできやしないよ」とSは首をふった。「単独会見といっても公式のものだもの、時間だって五分ぐらいだろう。さし障《さわ》りのない話をこちらが申しあげて終りだろうね」

私はうなずいた。もし私が心に持っているような疑問を法王におたずねするのがわかれば法王庁はインタビューを拒否するかもしれぬ。そう思うとこのインタビューにたいする興味が急激にさめていくのを感じた。

それでもローマに向う飛行機に乗った。空はよく晴れ、眼下に無数の針のように光る海原や褐色の大地が見えた。時々眠り、時々本を読んだ。手にした書物は切支丹《きりしたん》時代の南蛮宣教師たちが使った日本語の教科書で、文例として一人の日本人信徒の懺悔《ざんげ》がそのまま載っていた。信徒の懺悔はそれを聴いた司祭が決して他言してはならぬ筈《はず》なのに、なぜかこの本はその約束を破っているのだ。

懺悔をしたその男の名も素性もわからない。だが身分も低く暮しも豊かでないことは頁《ページ》をくるにしたがって読む者にわかる。酒が好きらしく、酒をくらいすぎたことや、女房を叩《たた》いたこと、仲間とよからぬ賭《かけ》ごとをしたことを、情けなさそうに告白している。仲間に自分が切支丹になったことをこの男は匿《かく》している。切支丹はまだ禁じられていなかった時代なのに同輩にそれをうちあけなかったのは、当時でも信徒は周りから嘲笑《ちょうしょう》されたのかもしれぬ。

「一度はこのようなこともござりました。ある折、朋輩《ほうばい》たちが教会《エケレジア》に詣《もう》でる切支丹を指さし笑うておりまする時、それを止めもせず、わが身の嘲らるるを怖《おそ》れ、共に指さし揶揄《からか》いました」

機内では退屈しきった乗客のためスチュワーデスが映画をうつす準備をはじめていた。だが私は三百年前に生きたこの男の顔が眼に見えるような気持で眼をつむった。彼は私にそっくりだ。おそらくこの男はこのような情けない告白を司祭に幾度したところで、生涯、同じ過《あやま》ちを繰りかえすだろう。私もまたそうだった。人間の弱い性格は何をしても決して変えられぬ。この男や私が住む世界は、私がこれから謁見《えっけん》を受けにいく法王の世界とは余りにちがっていた。

復活祭の前のローマは巡礼客や観光客で溢《あふ》れていて、私は先発したMと落ちあい、放送局のスタッフと打合せがすむと、アマンドの花の咲きはじめたローマの街を歩いた。至るところに日本人の旅行者がいる。彼等を乗せたバスが町の観光コースを次々と走りまわっていた。

この都にはあの男とほぼ同じ時代、二人の日本人が、波濤《はとう》万里、留学に来たことを私は知っている。一人はロマノ岐部といって、豊後《ぶんご》、浦辺の出身であり、マカオから単身、エルサレムを通ってローマにたどりつき、司祭になった。もう一人のトマス荒木は出身地こそ不明だがやはりここの大神学校で優秀な成績を得て司祭になった男である。ローマのふるい裏町で私はこの二人の日本人留学生もここを歩いたのではないかと、ふと思うこともあった。だが彼等もおそらくたずねたにちがいないカタコンブや聖母教会も訪れず、そのかわりベネト通りの騒音が四月の陽光と共に流れこむ小さな部屋のなかであの男の懺悔集を繰りかえして読んだ。

謁見の日は復活祭の前日になった。その日、各地から集まった巡礼客の集団に法王が祝福を与える行事があり、行事のあと、法王庁の別室で私たちは謁見を賜わることになっていた。

朝の九時、私たちが法王庁の大ホールに出かけると既に五千にちかい男女がホールを埋めていた。各集団の前にはそれぞれの国の旗が並んでいて一眼でどこの国から来たかがわかる。私たちには特別に最前列の席を与えられたが、そこには日本から来た二十人ほどの基督《キリスト》教信者の男女たちが手を膝《ひざ》の上において静粛に腰をかけていた。

急に人々がどよめいた。純白の衣服を着られた法王が、四人の男の担《かつ》ぐ輿《こし》に乗られ、ホールのうしろから姿を現わされたのである。最前列にいる私には輿も法王の白い衣服もあまりに遠く、よく見えない。輿は時々、とまり、そのたびに法王は片手をあげて群集に祝福を与えられた。時には身をかがめ、母親がさしだす赤ん坊の頭にも手をおかれた。

はじめ私には波を漂う小舟のように揺れる輿の動きと白い衣服しか見えなかった。やがて法王が祝福のため人差指をたてて皆に十字を切られるのを見た時、私は突然、聖書に語られている指の二つの挿話をなぜか思いだした。法王の手があまりに白く、その人差指も白く私の眼にうつったからである。それはおずおずとイエスの衣にふれた血漏の女の指とはちがっていた。仲間たちに強情に復活したイエスを否定したトマの指ともちがっていた。そして私の指は素直でもなく意志の強いものでもなく、むしろ三百年前、宣教師たちが規約を破って日本語習得の材料にした卑《いや》しい男の指に似ているのだと考えた。

行事は終った。私たちだけが法王庁の役人に先導されて、ひんやりとした大理石の廊下を通り、ひんやりとした薄暗い部屋に連れていかれた。部屋には法王だけが腰かけられる背の高い椅子が一つ置かれてあるだけで、他には何の装飾もなかった。

「どんな話になるだろうか」

私は両手を前に組んで少し緊張した顔のSに前と同じ質問をした。

「何でも率直に言えばいい」Sは度胸をきめたように答えた。「それがあの人にたいする一番の礼儀だ」

私もそう思った。しかし私のまずい語学では限られた短い時間で何も語られぬような気がした。あなたは苦しくはないのですか。人類救済の象徴である椅子につくことは人間としてとても耐えられぬことのような気がします。それなのにあなたはなぜ、その辛い地位をお引き受けになったのですか。

ひんやりとした廊下に音が聞え、ひんやりとした部屋が急に静かになった。扉があいて丸い赤い帽子を頭にのせた二人の大司教が入ってきた。うしろから白い衣服に身を包んだ背の高い人がゆっくり入室してこられた。法王だった。彼はひどく痩せ疲れきった顔をされていた。たった今まで重い荷を背負わされた奴隷《どれい》のように一歩一歩よろめくように私たちのそばに近づいてくる。そしてさきほどと同じように人差指をたてて、私たちに十字をきられた。私たちに何かを言われたが、その声は病人のように消耗していた……。

「あの人は生贄《いけにえ》なのかもしれんぜ」

とその夜、下町の裏通りの安料理屋で食事をしている時、Sが急に言った。

「なぜ」

「だってさ」とSは少し言いよどんだが決心したように「俺たちの眼から見ても、一番、罪ぶかい行為とは、法王になることだろ。だが誰かが、それにならねばならん。人間どんな時だって誰かを生贄にすることが必要だしさ。あの人はそれを承知で法王を引きうけた気がする」

Sもまた法王庁のあの薄暗い部屋で法王から私と同じ印象を受けたのかもしれぬ。重荷を背負ったようによろめきながら、あの人は部屋に入ってきた。疲れきった眼で私たちを見つめ、疲れた手をあげて白い細長い指で祝福を与えた。

食事のあとは安料理屋を出て狭い石畳路の裏通りをSと散歩した。家々の壁は朱色で、その朱色の壁に角燈《かくとう》の青白い灯が反射している。壁に化粧のこい肥《ふと》った女が一人靠《もた》れていて、少し酔った私に声をかけた。

どこかで鐘がなりはじめた。明日、復活祭なのでローマのどの教会も、この時刻、信者の礼拝を許すのである。私たちがしばらく歩いていると、四、五人の家族らしい男女が辻《つじ》の教会の石段を登っていった。私とSとが好奇心から彼等について教会のなかに入ると、蠟燭をあまたともした内陣のなかで十人の男女が跪《ひざまず》いていた。いかにも下町の住民らしい粗末な服を着て素朴な顔をした人たちばかりだった。

「あの女も来ているぜ」

Sが肱《ひじ》をつくので、ふりかえると、さきほど私に声をかけた女が何くわぬ顔で祈《き》禱席《とうせき》に近づき、両手を組んだ。蠟燭の炎にかこまれて幼いイエスをだいた聖母の像が置かれていたが、その聖母像に懸命に祈っている。誰もふりむかないし、誰も彼女がどんな女か気づいていないようだ。

「これが西欧のカトリックだな」

教会を出た時、Sは私にそう言った。

「これでいいんだ」

「そう……」私もうなずいた。「そうだろう」

一方では疲れ果てたような法王が群集に祝福を与えられ、一方では私を誘った商売女が一人夜の教会で聖母に祈っている。Sがこれがカトリックだと言った意味が私にもわかる気がする。

復活祭の夜、その昔、基督教徒たちが野獣の生贄にされたというコロシアムの廃墟《はいきょ》で大きな野外ミサが行われた。法王御自身がそのミサをなされるのでその夜も無数の巡礼客たちが廃墟に集まったらしい。放送局のスタッフたちはこの撮影に出かけたが、私は例の裏町の安料理屋に食事に行った。食事が目的というより、ひょっとすると角燈の灯がわびしくあたっている石畳路に女がまた立っていないか、それが見たいからだった。この前と同じように朱色の家の壁に汚水にぬれた路《みち》が長くつづき、小さな広場で噴水だけが音をたてていたが、細い路には女はいなかった。

祭が終るとローマは急に春になる。日中は上衣《うわぎ》とカメラとを手にもった観光客がスペイン広場やトレビの泉に群がっている。

「この国のカトリックは迷信じみていますよ」

撮影隊の通訳をしている留学中の日本人神学生が嘲るように言った。陽ざしの強い日中でもきちんと黒服を着て、時々、白いハンカチで汗をふいている彼を見ると、私は三百年前にここに留学した勤勉なロマノ岐部やトマス荒木の姿を想いだす。

「骸骨《がいこつ》教会に行きましたか。修道士たちの骸骨をそのまま保存しているんです。田舎に行くと、もっとひどいですね。聖人の着物の端を拝ませている教会もあります。トマの指だという気持悪いものを保存している教会がローマにもありますよ」

「ローマに」

「ええ、ローマにですよ」彼は憤慨したような口調で言った。「あんなものを教会が認めているから、カトリックはいつまでも古いと言われるんです」

そうですねといつもの悪い癖で同意したようにうなずいた。が、しかし心のなかで私は、何故《なぜ》、それが悪いのだろうと思った。私はあの裏町の朱色の壁に靠れている女のことを思いだしたのだ。あの女たちの信仰にそんなやくざな迷信じみたものが大事ならば、それを否定する資格が誰にあるだろう。私もまたそのトマの指を心から見たかった。

帰国する前日の夕暮、神学生に書いてもらった地図をたよりに、その教会を探した。憶《おぼ》えにくい名の通りを幾つも横ぎり、憶えにくい名の広場に出た。日曜日なので広場には花を売る女や、下手な絵を並べた画学生たちが観光客と話をしていた。風船売りの男の手から風船がひとつ舞いあがって、広場に向いた窓をかすめ、空に小さく飛んでいった。

教会は広場の突きあたりにあった。夕暮のせいか、うす暗い内陣には誰もいない。内陣には香の臭《にお》いとここで跪いた人間たちの臭いが漂っている。祭壇の両側に飾られたイエスは、私が食事した安料理屋のコックのような顔をしている。黒ずんだ大理石に呼鈴を見つけて、それを押すと、間もなく古いスータンを着た中年の神父があらわれた。

用件を聞くと、馴《な》れた手つきでスータンのポケットから観覧券をとりだし、拝観料を求めた。金を受けとってから彼は急に厳粛な表情をつくり内陣の隣の部屋に案内してくれた。そこにも香の臭いと人間の臭いが漂い、小さな祭壇のそばにコックのような顔をしたイエス像が飾られていた。金の縁どりのある箱をとりだして彼は何か呟《つぶや》きながら大事そうに私の眼の前にさしだした。

硝子《ガラス》を通して綿のなかに灰色の得体の知れぬものが沈んでいる。これが人間の指の骨なのか私にはわからない。

「トマ」

と私はたずねた。厳かな顔をつくって神父は、

「シイ、シイ、トマ」

強くうなずいた。それだけで私には充分だった。長い間、私はトマの指は、短く、太く、意志の強いもののように空想していたのだが、この綿のなかに埋まったものは、私や、あの懺悔集の日本人信徒のように得体の知れぬ嘘《うそ》くさい形をしていた。それはまた恭《うやうや》しげに箱を持っている神父と同じように小狡《こずる》い印象を私に与えた。だがこの嘘くさく小狡い指にイエスはこう言われたのだ。「さあ、その指を手の傷口につけるがいい。槍《やり》でつかれた脇腹《わきばら》にさわるがいい。私はあなたに信じてほしいのだ」


（「文芸」昭和四十八年十月号）

解説

藍沢鎮雄

本短編集の主題は、表題のごとく「母なるもの」であり、また「母の宗教」である。『沈黙』『死海のほとり』『イエスの生涯』とつづく著名な長編群の核になる短編集でもある。長編では作者の信仰はその登場人物に投影されている。たとえば『沈黙』のキチジローである。この短編集でも隠れ切支丹《きりしたん》をはじめとして同じ投影法が用いられているが、それとともに作者自身の信仰の軌跡の赤裸々な表白が随所に織りこまれ、場面によっては、告解といっても差支えないような箇所もある。その意味では、長編群以上に、カトリック作家遠藤周作の信仰の軌跡を知るうえで、より重要で興味深い作品群といえるかもしれない。

かつて遠藤周作は処女評論『神々と神と』に始まり『海と毒薬』にいたる道程で、日本という汎神性《はんしんせい》世界のもつ「神なき人間の悲惨さ」を追求した。例えば『海と毒薬』で、捕虜の生体解剖に参加した医師の戸田や勝呂《すぐろ》は「自分の殺した人間の一部分を見ても、ほとんどなにも感ぜず、なにも苦しまないこの不気味な心」という罪意識の欠落態を露出してみせた。だが、罪悪感という宗教心理の深淵《しんえん》に下降していけばいくほど、日本の精神風土におけるキリスト教の異質さ、父なる超越者の苛烈《かれつ》さに直面し、日本人キリスト者としてほとんど追体験不能な地点まで行きついたのではなかろうか。父なる超越者の下では背教はすなわち救いの喪失である。その悲惨な救い喪失状況にある人間は、生ける屍《しかばね》のようになった背教司祭（『召使たち』）や一羽の犀鳥《さいちょう》の眼に縋《すが》ったもう一人の背教司祭（『犀鳥』）の姿に示される。なかんずく象徴的なのは『学生』に登場するカトリック留学生田島の死である。キリスト教に全く縁のない私には、田島は純粋無垢《むく》のキリスト者としか思えない。聖テレジアの一冊の本のほか格別の入信動機がなかったということは、田島のたましい自体が本来的に秘めていた宗教性が一冊の本で開示されたのだと思う。「謙遜《けんそん》、実直、比類、稀《まれ》であった」天正の少年使節の一人は転び者となった。そのことは浄土真宗的な人間認識が根づいているわれわれ日本人にはさして驚きではないが、無垢の日本人キリスト者すらも苛烈に押しつぶす西欧の父なる超越者はたいへん衝撃的である。

そして、ついに『沈黙』の背教司祭フェレイラの口をかりて、日本には「どうしても基督《キリスト》教をうけつけぬ何かがあった」と言い切られることになった。『沈黙』の読者、またこの短編集の読者はすでに十分察知されたと思うが、作者はこの「何か」を今は全面的に否定しているのではない。私の誤解でなければ、この「何か」こそが汎神的自然がもつ「母なるもの」であり、「母の宗教」につながるものなのであろうと思う。

＊

『小さな町にて』のプチジャン神父やジラル神父は、二年間のむなしい空白の後、ついに発見した隠れ切支丹が、すでに正統なキリスト教の教義からいえば邪教といえる聖母観音《マリア》を信仰している姿を見いだす。彼らの素朴で土着的な聖母への思慕の熱烈さは、邪教とはいえ神父たちを感動させたほどであった。転び者の子孫であり、また宗門改めのたびに踏絵を踏む彼らにとって、裁き罰する父なる神は恐怖の対象以外の何者でもなく、母なるものに許しを求めるほかなかった隠れ切支丹の心理は一応了解できる。しかし、フェレイラは切支丹が亡《ほろ》んだのは禁制や迫害のせいではないという。彼らが聖母を思慕したのは、一言でいえば、そんな状況的な理由ではなく、日本人として存在論的な現象だとフェレイラはいいたかったのだろうと思う。さらにいえば、洋の東西を問わず、それはたましいの故郷として、全人類に普遍的な現象だといいたかったのかもしれない。

＊

遠藤氏は「母の宗教」の本質を許しとみなした。生命の根源である「母なるもの」のみが開示しうる無限の愛の許しである。私は一介の精神科医であるが、遠藤氏の透徹した人間凝視力に感嘆するのは、まさに、この許しを会得《えとく》した時の子のたましいが受ける痛みについてである。それに酷似したことが、ある精神療法でも生ずる。『巡礼』の矢代はエルサレムの城壁を見てこう思う。

だが、哀れな師が死んだ後、威嚇《いかく》するようなあの城壁から突き落されてもなお信念を変えなくなった彼等の変りようになると、矢代は遠い異国の街の絵葉書を見るようなぼんやりとした気持になる。どうして臆病者がそうなれたのだろう。（傍点＝藍沢）

この矢代の疑問は『イエスの生涯』で解き明かされた。イエスの弟子たちはゲッセマネの園で師を見棄《みす》てて逃げ、カヤパの法廷で師を否認した。遠藤氏が聖書のなかでもっとも好きだといわれる、「主はふりむいてペトロを見つめられた」という一行はこの否認の瞬間だ。ユダばかりか、弟子たち全員が師を売ったのである。イエスの死がすべての人々の罪をあがなうというのは、たんなるキリスト教的な観念ではなく、弟子たちにとっては具体的に現前した事実だったのだ。弟子たちは当然自分たちの裏切りに対し師の憎悪《ぞうお》と呪詛《じゅそ》が下るものと予想し怖《おそ》れおののいた。西欧人フロイトは宗教心理を説明して、父に対して抱く子の殺戮《さつりく》幻想のために、当然鉄槌《てっつい》のごとく下るであろう父の復讐《ふくしゅう》と処罰に対する恐怖が内在化したものだといったが、まさにこの時の弟子たちの恐怖に相通ずる。しかし、それは恐怖であって、まだ真の宗教的罪悪感とはいえないと思う。

遠藤氏は十字架上で、自分を見棄て裏切った弟子たちに無限の愛と許しを身証《あかし》するイエスを描いた。そして、このイエスの許しが弟子たちのたましいに衝撃的な痛みを与える。このたましいの痛みが生み出す宗教的な清めを、わが国の精神分析学の泰斗、古沢平作博士は阿闍世《あじゃせ》の物語をかりてこう解釈した。阿闍世とは浄土教の教典「観無量寿経」に登場する人物で、父王を殺害せんとして、それをとめた母を牢《ろう》に押しこめ悲嘆の底に突き落した男である。阿闍世の怒りは自分の生命の根源である母が、その性欲ゆえに自分を裏切ったと感じたからであるが、彼の回心の契機は自分の所業に対するフロイト的恐怖のためでもなく、また性欲という如何《いかん》ともしがたい煩悩《ぼんのう》を認識したゆえでもなかった。それは自分が怒りのあまり牢に閉じこめ殺戮せんとまでした母に、無償の愛によって抱擁され許された時間に生じたのである。この瞬間、阿闍世のたましいの中から内発的に生じてくる「悪かった」という感情こそ真の罪悪感であると古沢博士はいうのである。

ついでながら古沢博士の高弟、小此木《おこのぎ》啓吾《けいご》博士は師の精神分析はすでにフロイトとは全く異なり、仏教的な行であったとのべている。ここにも西欧の所産である精神分析が、フェレイラ流の日本的な「何か」によって溶解された跡をみることができるように思う。

＊

浄土真宗を根本理念とした内観法というのがある。現在では神経症者や一般人にも明らかに精神療法的効果が認められているが、当初は性格破綻者《はたんしや》、非行少年、犯罪者といった罪ある人びとの矯正を目的としていた。このことは、つねに裏切りや背教者、弱者や罪人、真宗的にいえば救われようのない煩悩具足の凡夫にも救いはあるか、という立場から信仰を追求する遠藤作品の主題に通ずる。たとえば『沈黙』のロドリゴは、東洋的にいえばまさに踏絵を踏んだ背教の刹那、真の信仰の入り口に立ったといえるのであるが、内観法の治癒《ちゆ》過程もそれに酷似する。

創始者の吉本伊信師は「祖師聖人《しようにん》（親鸞《しんらん》）が何《いず》れの行も及び難き身なれば地獄は一

定住み家ぞかしと嘆かれた」地獄行の身調べであるという。「身調べ」とは自分が過去に出会った人びと、遠藤流にいえば自分がその「人生を横切った」多くの人びとに対して、自分がいかに罪深い「痕跡《こんせき》を残し」たかを追想し自己内省を深めることである。身調べの瞑想《めいそう》は寺の隅の二方を壁、他の二方を屛風《びょうぶ》で囲まれた狭い場所で行われる。しだいに数々の罪の「痕跡」が浮んでくる。たとえば、『巡礼』の矢代にとっては、新宿の青線の女と遊ぶことを拒んだ時、「女は黙って横を向いた」という、その女の横顔であるかもしれない。知らぬ中にいかに多くの人びとのたましいに傷跡を残したことか、しだいに罪悪深重の身であるという絶望的な自己認識が深まってくる。その中で、瞑想者が衝撃をうける「痕跡」はやはり母に対する想起の断片である。内観分析療法を体系化した石田六郎博士が治療したある神経症者は、結婚式の日に母が醜いことを恥じて物置に押しこめ、母の中気が再発したときは心ひそかにその死を願った自分を思い出した。つづいて七歳の頃、近所に火事があった時、いっさいを捨てて幼い自分だけを抱きしめて逃げてくれた母を想起する。衝撃がこの患者を打ちのめす。母に向けた恥や殺人幻想に対して、母がそんな自分を無償の愛でうけいれ許していてくれたという真の認識が、絶対の罪悪感となって完膚なきまでにこの患者の神経症的防衛機制を根底からくつがえす。石田博士は内観法の治癒像はフロイト流の人間合理主義的自我論では測りがたい、劇的な人格高揚をともなう強靭《きょうじん》な人間像を示すという。それは、たんに自我が強化されるといった水準よりはるかに深層の、たましいとしかいいようのない深淵で、その存在が強化されたといえると思う。これはまさに遠藤氏がいう「存在の聖化」と同じだといえないであろうか。

＊

「母なるもの」が無限の愛の許しをこめて、罪をおかした子をみつめる眼差《まなざし》が、遠藤作品でくり返し描かれる「哀《かな》しげな眼」なのだと私は思う。

　青年になって、私が自分は基督教をもう信じられぬと母に告白した時、彼女は烈しく怒るかわりに、真底つらそうに、泪《なみだ》をいっぱいたたえた眼で私をじっと見た。私には……ペトロを見つめた時のイエスの眼がそんな眼だったような気がする（『ガリラヤの春』傍点＝藍沢）。

　母が生きている間、彼は彼女をわざと傷つけたり、反抗したりしたが、自分を悲しげにじっと見つめる母の眼はそのたび毎《ごと》に矢代の胸を痛くさせた（『巡礼』傍点＝藍沢）

これらの章句はまさに遠藤周作の告解であり、この「痛み」が氏の信仰の原点であるように思えてならない。「母なるもの」だけがもつ許しと子が感ずる痛み、この許しと痛みの過程を経たとき、はじめて子の意識は清められるのだと思う。子の清められた意識は、母性の無制限で恣意《しい》的な許しからは決して生じない。むしろ、母性の無制限な許しは、子のたましいに痛みの鈍麻現象をひきおこすであろう。一人の神が存在しない東洋人にとっては、この痛みに対する感受性が問題となる。遠藤周作の「母なるもの」はあらためてこの痛みに対する無感動を、初期の評論群や『海と毒薬』で問い尽した果の地平に展開してきた、いわば宗教的根源体験の核心としての「母なるもの」なのであろうと思うのである。

（昭和五十年六月、精神神経学者）

「母なるもの」「小さな町にて」「学生」「ガリラヤの春」（「ガリレヤの春」改題）「巡礼」は、新潮社刊『母なるもの』（昭和四十六年五月）に収められた。「召使たち」「犀鳥」「指」は、単行本未収録で、前二編は『遠藤周作文学全集』第六巻（昭和五十年五月）に、「指」は同じく第七巻（昭和五十年二月）に収められた。

母《はは》なるもの

新潮文庫　え−1−8

昭和五十年八月二十五日 発行
平成十六年十一月二十五日 三十二刷改版
令和五年三月二十日 三十七刷

著者 遠《えん》藤《どう》周《しゅう》作《さく》

発行者 佐藤隆信
発行所 株式 会社 新潮社
郵便番号 一六二―八七一一
東京都新宿区矢来町七一
電話 編集部(〇三)三二六六―五四四〇
読者係(〇三)三二六六―五一一一
https://www.shinchosha.co.jp

価格はカバーに表示してあります。

乱丁・落丁本は、ご面倒ですが小社読者係宛ご送付ください。送料小社負担にてお取替えいたします。

印刷・大日本印刷株式会社　製本・加藤製本株式会社

ISBN978-4-10-112308-0 C0193